사람—여행

사람 — 여행

지콜론북

우유니 소금사막(Salar de Uyuni), 볼리비아(Bolivia)

마추픽추(Machu Picchu), 페루(Perú)

이구아수 폭포(Iguazu Falls), 아르헨티나(Argentina)

아리카(Arica), 칠레(Chile)

CONTENTS

'남미에는 지금 어떤 사람들이 살고 있을까?'라는 궁금증으로 우리의 여행은 시작되었다.

잠시 칠레에 머물고 있었던 나와 한국에 있던 이구름은 2013년 1월 4일, 우리 사이에 있던 2만km의 거리와 12시간의 시차를 좁혀 아르헨티나에서 만났다. 이틀을 꼬박 가야 도착하는 낯선 세계. 그곳엔 큰 나무와 쉴 곳이 많았다. 그리고 모든 것이 조금씩 느리게 움직였다. 정신을 차려보니 우리의 손엔 7살 꼬마가 들어갈 수 있을 정도의 커다란 배낭이 쥐어져 있었다. 어디를 갈지, 어느 도시에 얼마나 머물지 계획된 건 하나도 없었다. 정말 대책 없이 떠난 여행이었다.

우리는 아르헨티나를 시작으로 볼리비아와 페루를 거쳐 칠레까지, 남미의 네 나라를 여행했다. 정해진 일정이나 예약한 숙소는 없었지만, 사람을 따라 여행지를 조금씩 옮겨가며 다양한 사람을 만났다. 시골생활의 즐거움을 알려 준 아르헨티나의 사진작가 엠마뉴엘, 무뚝뚝한 빨간 입술의 칠레 소녀 까띠, 여행자의 마음으로 생활하는 볼리비아의 호스텔 주인 리까르도, 페루의 바람둥이 피아니스트 마르띤, 그리고 우리를 스쳐 지나간 수많은 사람들. 어떤 이들과는 우정을 나눴고 어떤 이들에게서는 설렘을 느꼈다. 때론 누군가를 미워하기도 했지만 결국 우리가 믿을 것이라곤 사람밖에 없었다. 여행자에게 '사람'만큼 좋은 이정표는 없으니까.

이 책은 관광객들이 모여드는 유적지나 유명한 맛집 정보를 소개하지 않는다. 그저 한 나라에 한 달씩 머물면서 우리가 만난 사람들에 대해, 그리고 우리를 행복하게 했던 남미의 비밀스러운 공간들에 대해 이야기한다. 그 지역의 친구들과 함께 어울려 다녔던 클럽과 파티, 지역 축제, 상점 등에 대한 정보도 모았다. — 여기서 말하는 클럽은 오로지 남녀의 만남을 목적으로 하는 곳이 아닌, 주로 춤을 추고 공연을 보는 곳임을 밝힌다 — 만약 이 책을 읽고 우리가 소개한 장소에 간다면 그곳에는 우리와 어떤 면에서 비슷한 사람들이 모여들 것이므로 집을 나서기 전에 여러 번 생각하거나, 도착해서 크게 긴장할 필요는 없다고 말해주고 싶다. 아, 누군가가 우리가 갔던 곳을 찾아준다고 생각하니 행복해진다.

'삶'이라는 단어와 '사람'이라는 단어를 가만히 들여다보면, '삶'이라는 글자는 '사람'이라는 글자를 꼭 껴안고 있는 것처럼 생겼다. 따뜻하다. 많은, 현명한 사람들이 삶에 대해 다양한 이야기를 해주었지만, 그것은 아직도 우리에게 너무나 버겁고 어렵다. 여행을 통해서 삶을 배우겠다는 생각은 애초부터 없었다. 여행에서 돌아왔지만, 누군가가 우리에게 삶과 사람에 대해 물어본다면 난처한 표정으로 눈만 껌뻑거리고 있을 것이 틀림없다. 하지만 생각해본다. 삶을 이해하기 위해서 사람들 사이에 뛰어드는 것만큼 무모하고 완벽한 방법이 또 어디 있겠느냐고. 그래서 우리는 사람을 만나기 위해 남미로 떠났다. 사람들 틈을 비집고 들어가 그들의 삶을 관찰하고, 다양한 삶을 바라보기 위해서 말이다.

2014년 8월, 김새움

1

혼자이거나 함께이거나

Luciano

우리는 이름을 만들 때 특별한 의미를 부여하지 않아.
하지만 내 이름을 굳이 해석하자면
'빛나는'이라는 뜻을 가지고 있지.

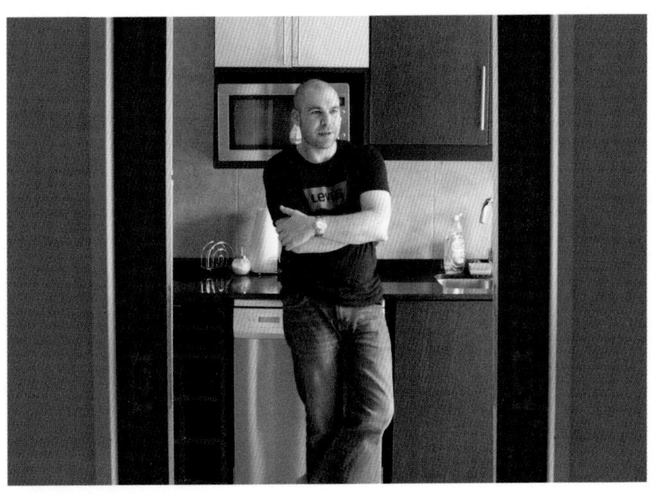

어둠 속의 집

3주 동안 머물렀던 산텔모San Telmo의 오래된 호텔에서 나와 택시를 잡아탔다. 그때 우리에겐 아르헨티나에 대한 아무런 정보도 없었다. 이 나라에서 꼭 가봐야 하는 유적지가 어디며, 꼭 먹어야 하는 음식이 무엇인지에 관해 한 번쯤 인터넷에 검색해볼 법도 했지만 우리는 그렇게 하지 않았다. 이구름과 나, 지나치게 용감했던 두 여자에게는 그러한 일이 가방에 매달린 침낭처럼 거추장스럽게 느껴졌기 때문이다. 하지만 이렇게 대책 없이 여행하는 우리에게는 — 늘 좋은 곳에 간 것은 아니지만 — 언제나 갈 곳이 있었고, 예상치 못한 사람들과의 만남이 이어졌다. 참 신기한 일이었다.

새로운 목적지에 찾아가는 것은 '카우치 서핑 사이트'에서 손바닥에 옮겨 적은 주소 한 줄이면 충분했다. 택시를 잡고 손바닥을 보여주자, 택시기사는 30분 정도 달려 어느 식료품점 앞에 우리를 내려주었다. 그렇게 도착한 동네는 아르헨티나의 부자들이 산다는 레콜레타Recoleta 지역이었다. 지저분해 보이는 것들을 모두 몰아낸 듯한 그 깨끗하고 쓸쓸한 동네에서 한 남자가 우리를 기다리고 있었다. "반가워. 내 이름은 루시아노Luciano야." 그는 푸른 눈동자를 가졌음에도 불구하고 눈빛이 어두워 보이는 사람이었다. 만약 방금 우리를 내려 준 택시 운전사 아저씨가 담배 한 개비를 피우느라 아직 출발하지 않았다면 루시아노와는 인사만 나누고 헤어졌을지도 모른다. 하지만 뒤를 돌아보니, 택시는 이미 검은 점이 되어 사라지는 중이었고 커다란 짐을 한 개씩 짊

어진 우리 앞엔 루시아노가 운명처럼 서 있었다. 우리는 그와 어정쩡한 자세로 손을 내밀어 악수했다.

루시아노를 알게 된 건 '카우치 서핑 사이트'를 통해서였다. 현지인들은 배낭여행자들에게 잠잘 곳을 제공하고 — 때론 긴 소파couch를 내어주기도 한다 — 여행자는 현지인의 집에 머물면서 자기 나라의 문화에 대해 알려주는 여행법 혹은 커뮤니티를 '카우치 서핑'이라고 하는데, 운이 좋다면 그곳을 통해 좋은 친구를 얻을 수도 있다. 수많은 호스트 중에서 루시아노를 선택한 것은 아주 단순한 이유에서였다. 바로 프로필 사진 속의 그가 산을 배경으로 쭈그리고 앉아 있었다는 것. 그가 사진에서 풍겼던 느낌을 조금 설명하자면, 외롭고 복잡하며 어지러운 심경을 가진 사람 같았다. 정확한 논리를 댈 수는 없지만, 사진을 보며 '그에게서 쉽게 들을 수 없는 이야기를 듣게 될 것 같다'는 생각을 했다.

루시아노가 사는 집은 곳곳에서 윤이 났다. 어디에서도 흐트러진 모양새는 찾아볼 수 없었다. 물건들은 마치 아주 오래전부터 그 자리에 있었고 앞으로도 그럴 것처럼 제자리를 지키고 있었다. 마치 박물관에 진열된 전시품처럼 말이다. 거실 한 켠에는 정사각형의 커다란 유리식탁이 놓여있었고 한쪽 벽면에는 애플Apple의 제품이 완비된 사무실이 차려져 있었는데, 그는 대부분의 시간을 그 작은 공간에서 홀로 보낸다고 했다. 사무실 의자에 앉아 있는 그의 모습을 떠올려 보니 그 공간과 꽤 잘 어울릴 것 같았다.

하지만 완벽하게 정리 정돈된 루시아노의 집에는 한 가지 이상한 점이 있었다. 거실과 두 개의 방 안 어디를 둘러봐도 전등이 없다는 사실이었다. 집안 곳곳을 비추고 있는 것은 달랑 주먹만 한 백열전구 세 개뿐이었다. 천장에 매달려 있는 작은 전구는 전선을 다 드러낸 채 희미한 빛을 내고 있었다. 우리는 이 이상한 주인이 사는 집에 들어가 커다란 짐을 내려놓고 잠시 누웠다. 도대체 이 집엔 어떤 이야기가 숨어있는 걸까 궁금해지기 시작했다.

규칙 안에 사는 사람

'루시아노.' 이구름은 A4용지에 네 글자를 크게 적었다. 루시아노가 자신의 이름이 한국어로 어떤 모양을 이루는지 궁금해했기 때문이다. 나는 모든 글자에 받침이 없는 그의 이름이 어딘지 모르게 불안한 느낌을 준다고 생각했지만, 그에게 말은 하지 않았다. 대신, 그의 이름이 가진 의미에 대해 물어보았다. "루시아노, 네 이름은 무슨 뜻이야?" 그가 말했다. "우리는 이름을 만들 때 특별한 의미를 부여하지 않아. 하지만 내 이름을 굳이 해석하자면, '빛나는'이라는 뜻을 가지고 있어. 종이에 내 이름의 뜻도 함께 써줄래? 부탁할게." 나는 '루시아노'라는 글씨 바로 밑에 '빛'이라고 적었다. 그는 '빛'이라는 글자가 더 마음에 든다고 했다. 루시아노는 어두운 방과 거실을 오가며 한글이 쓰인 하얀 종이를 벽에 몇 번 대보더니 결국엔 그냥 책상 위에 올려놓았다. 아무래도 그 종이를 붙일만한 마땅한 자리를 찾지 못한 것 같았다.

그의 집에 머문 지 삼 일째 되던 날, 나는 루시아노에게 궁금했던 것을 참지 못하고 물어보았다. "너희 집엔 왜 전등이 없어?" 그가 대답했다. "아직 마음에 드는 걸 찾지 못했으니까." 동물의 더듬이같이 천장을 뚫고 나온 동그란 전구를 다시 한 번 바라보았다. 루시아노는 오랫동안 찾으려고 노력했지만 결국 찾지 못했다며, 자기 집에 어울리는 전등을 찾아달라고 부탁했다. 나는 그가 원하는 전등을 찾아주고 싶었다. 만약 찾게 된다면 루시아노의 눈동자, 그 어두운 부분이 조금은 사라지지 않을까 하는 기대와 함께. 하지만 안타깝게도 나는 곧 그것이

불가능한 일이라고 단념해 버렸다. 그의 푸른 눈동자를 보고 있노라면 그 옛날 아빠가 말해준 이야기가 떠올랐기 때문이다. "푸른 바다의 수심은 보기보다 깊으니까 함부로 들어가지 마라."

루시아노는 단정하고 정확하며 호의를 베풀 줄 아는 사람이었지만, 그와 함께하는 요리는 꽤나 곤혹스러웠다. 나는 발목이 삔 선수처럼 한 발짝 뒤로 물러서서 루시아노와 이구름이 요리하는 모습을 지켜보았다. 루시아노가 정한 메뉴는 가지 타르트였다. 이구름은 가지를 손질하기 위해 칼꽂이에서 다섯 개쯤 되는 칼 중 하나를 꺼냈다. 하지

INGREDIENTES
PROCEDIMIENTO
Masa
Harina 0000 400 g
Huevo 1
Manteca 50 g
Agua c/n
Sal 1 pizca
Para la masa
1- Colocar la harina sobre la mesada en forma de corona (También se puede realizar dentro de un bol amplio). En el medio colocar el huevo, una pizca de sal, la manteca a temperatura ambiente y un poco de agua, como para formar una masa que no sea muy dura. Unir desde el centro hacia los bordes.
2- Amasar hasta que quede bien lisa y uniforme. Dejar reposar por 30 minutos aproximadamente. Separar ⅔ partes, estirar con un palo de amasar y cubrir el molde.

만 루시아노가 정확한 도구를 사용하여 요리하기를 원했으므로 이구름은 무심코 꺼낸 칼을 몇 번이나 다시 내려놓아야 했다. 냉장고엔 세 종류의 계란이 있었는데 그중 타르트를 위한 계란을 사용해야 했고, 계란을 삶을 땐 에그 타이머를 사용하여 레시피에 나온 정도로 익혀야 했다. 맛을 볼 때조차 정해진 도구를 사용해야 했다는 건 말할 것도 없다. 루시아노는 레시피에 쓰인 것과 자신의 요리가 한 치의 오차도 생기지 않기를 원했지만, 나는 그가 만들어낸 수많은 규칙을 지켜낼 바엔 뱀을 목에 두르고 정글체험을 하는 편이 낫겠다고 생각했다. 아무것도 없는 것처럼 깨끗한 그의 집은 보이지 않는 규칙으로 가득 차 있었다. 확실한 것이라곤 아무것도 없던 우리와는 너무나 달랐다. 우리 셋은 요리가 끝나고 유리 식탁에 앉아 식사했다. 실내는 어두웠고 이구름과 나는 각자의 발등만 쳐다보며 같은 크기로 잘린 가지 타르트를 먹었다.

하루는 루시아노의 집에 있는 수영장을 이용하려는데 그가 우리를 막아 세우는 것이었다. 그리고는 우리에게 '수영장 이용수칙'을 읽어주었다. 이제 그가 삼십 몇 번째 항목을 읽으려고 하는 찰나에 내가 말했다. "루시아노, 지금 네 말을 듣느라 벌써 20분이 지났어. 해가 지고 나면 밖에 나가서 수영할 수 없게 돼. 그럼 네가 책임질래?" 이 말을 꺼냄과 동시에 우리는 그를 밀치고 도망치듯 그 집에서 나와 수영장이 있는 곳까지 힘껏 내달렸다. 아직도 그가 삼십 몇 번째 항목을 마저 읽고 있을지도 모른다고 생각하면서.

루시아노는 내가 아는 그 누구보다도 확고한 삶의 방식을 가진 사람이었다. 그러한 규칙과 정돈 속에서 안정감을 느끼는 그의 삶에 등장한 우리는 너무나 큰 혼란처럼 보였다. 그의 집에 머무는 동안 루시아노는 우리들의 일정과 계획에 관해 자주 물어보았고, 우리는 "아직 몰라"라는 말만 반복했다. 그는 도무지 이해할 수 없다는 표정을 지으며 말했다. "어떻게 한 시간 후의 계획도 아직 세우지 않았지? 나는 모든 일을 하기 전에 미리 계획을 세워. 계획에 없는 일은 거의 하지 않지." 이구름과 나는 그의 앞에 몇 분간 무덤처럼 가만히 서 있었다. 그리고 방에 들어가 또다시, 계획에도 없던 눈물을 흘렸다. 그 집에서 우리는 점점 말이 없어졌다. 전등이 없는 희한한 집과 루시아노에 대해 가졌던 호기심도 점차 사라졌다.

그렇게 루시아노의 집을 떠나던 날, 나는 처음 이곳에 왔던 그날처럼 그의 공간을 천천히 둘러보았다. 텔레비전 위엔 사진 대신 하얀 종이가 끼워진 액자가 — 어쩌면 아직 최고의 사진을 찾는 중일지도 모른다 — , 책상 위엔 '루시아노, 빛'이라고 쓰인 종이가, 그리고 천장에는 주먹만 한 전구가 여전히 제자리를 지키고 있었다.

친절한 루시아노는 우리를 버스 타는 곳까지 데려다 주겠다고 했다. 우리는 차에 짐을 싣고 어두운 지하 주차장을 빠져나왔다. 그리고 그때, 경비아저씨와 마주쳤다. 그는 잠시 차를 세우고 경비아저씨와 대화를 나누었다. "오랜만입니다. 요즘 잘 보이지 않더군요. 댁에 있는 고양이는 잘 있습니까?" "고양이는 제가 키우는 것이 아니고 여자 친구가 키우던 것입니다. 아, 예전 여자친구라고 해야 맞겠군요." "이제 혼자 사시는군요. 그럼 나중에 봅시다. 안녕히 가세요." "네. 곧 돌아올 거예요."

아르헨티나 공과대학의 교수이며, 대부분의 시간을 집에서 보내고, 기계와 도구, 규칙을 좋아하는 루시아노. 나는 헤어지는 순간이 되어서야 '그동안 그에게 무슨 일이 있었던 것일까' 몹시 궁금해지기 시작했다. 아이러니하게도 '빛의 사람'이라는 이름을 가진 그의 주변엔 빛이 별로 없었다. 오히려 어두운 구석이 많았다. 그래서 우리는 다가가지 못한 채, 멀찍이서 그를 바라볼 수밖에 없었던 것일지도 모른다. 그와 헤어지기 전, 나는 루시아노와 차 안에서 대화를 나누었다. 그것은 그의 어두운 면에 관한 이야기였다. "여자친구와 함께 살았어?" "응, 이 집에서 삼 년 전부터 함께 살았어. 그리고 얼마 전까지도." "그녀와는 왜 헤어졌어?" "내가 그녀의 고양이를 별로 좋아하지 않았거든." "혹시…… 빛이 없어서 그런 것은 아닐까?" 잠깐의 침묵이 흐른 뒤, 그가 말했다. "그럴지도 모르지."

빛이 없는 루시아노. 우리는 그를 떠났고, 그는 다시 어두운 집으로 돌아갔다. 어쩔 수 없는 이별이었다. 안타깝게도 우리 역시 그를 비춰줄 충분한 빛을 가지고 있지 않았으니까.

Pablo

빨리 다른 파티에 가자.

벌써 사람들이 잔뜩 모였대.

파티가 일상인 남자

누군가 말했다. "아마 부에노스아이레스 젊은이 중에 파블로Pablo를 모르는 사람은 거의 없을걸. 그를 찾는 일은 아주 쉬워. 파티나 클럽에 가면 언제나 그가 있지." 파블로가 그렇게 유명한지, 정말 이곳의 젊은이들 대부분이 그를 알고 있는지에 대해서는 확인할 길이 없었지만, "클럽에 가면 분명히 파블로가 있을 것이다"라는 말은 명백한 사실이었다. 그는 언제나 그곳에 있었다. 우리 같은 여행자들조차 파블로를 피해 갈 수 없었던 것을 보면 누군가의 말이 아주 틀린 것은 아니었던 것 같다.

파티에서 본 파블로는 후줄근한 티셔츠와 어제도 입었을 것 같은 바지 차림으로 한껏 멋을 낸 사람들 사이를 기웃거리고 있었다. 그에게 파티는 더 이상 '특별한 일'이 아닌 것처럼 보였다. 어쩌면 그에겐 매일매일이 '특별한 날'일지도 모른다는 생각이 들었다. 파블로의 직업은 비주얼 아티스트였다. 그는 낮에는 영상작업을 하면서 대부분의 시간을 보냈고, 밤에는 사람들이 많고 빛이 환하게 들어오는 곳을 찾아다녔다. 이구름은 그런 파블로를 보며, "어두운 곳에서 불빛을 찾아다니는 한 마리의 나방 같아"라고 말했다. 실제로 그는 불빛을 좇아 자정쯤 나가 새벽 4시가 되어서야 집에 돌아왔다. 그 옛날의 스페인이 '해가 지지 않는 나라'였던 것처럼 파블로의 하루도 좀처럼 해가 지지 않았다. 이런 파블로와 함께 다니는 것은 우리에게 정말 피곤한 일이었지만, 그와 함께 있는 것이 무척이나 즐거웠기 때문에 우리는 곧 나방들의 모임에 합류했다.

어느 날, 우리는 파블로와 함께 누군가의 옥상 수영장에서 열리는 파티에 참석했다. 하늘이 그대로 드러난 그곳은 젊은이들로 가득 차 있었고 스프레이와 화장품 냄새가 짙게 났다. 그 냄새와 함께 어디선가 흘러나오는 음악은 어쩐지 우리를 들뜨게 만들었다. 파블로가 '신라면'이라고 적힌 티셔츠를 입고 멋쟁이 친구들과 인사를 나누는 동안, 우리는 음악이 크게 나오는 곳을 찾아가 나방처럼 흐느적거렸다. 그렇게 몇 시간이나 흘렀을까. 노는 데에는 이곳 남미 친구들을 도무지 따라갈 수 없었던 우리는 갑자기 집으로 돌아가고 싶어졌다. 꽤 유명하다는 디제이가 이구름에게 다가와 술잔을 건넸고, 어깨가 넓고 키가 큰 남자들이 우리를 향해 가까이 오는 것도 같았지만 말이다. 우리는 새벽 2시부터 시작하는 또 다른 파티에 가고 싶어하는 파블로와 이견을 좁히기 위해 문 쪽에서 모여 섰다. 싸움이 벌어진 것은 바로 그때였다. 그것은 집에 가고 싶어하는 우리와 파블로 사이에 일어난 싸움이 아니었다. 그와 어느 덩치 큰 남자와의 싸움이었다. 그는 상대가 자신에게 욕을 해댔음에도 불구하고 웃으면서 싸움을 끝내려고 했다. 다행히 사람들이 와서 싸움을 말렸고 파티장은 언제 그랬냐는 듯이 무거운 분위기를 몰아내고 다시 원래의 분위기로 돌아왔다. 기분이 상했을 파블로를 어떤 말로 달래주어야 할지 몰라 막막해하고 있는데, 그가 먼저 말을 꺼냈다. "뭐야. 그 자식이랑 싸우느라 시간만 낭비했잖아. 빨리 다른 파티에 가자. 벌써 사람들이 잔뜩 모였대."

파블로는 '정지'된 상태를 별로 좋아하지 않는 것 같았다. 벌써 서른이 훌쩍 넘은 그는 이십 대에 독일과 이탈리아, 미국을 돌아다니며 영상작업을 해왔고, 한국인 여자친구를 따라 한국에도 6개월 정도 머물렀다고 했다. "한국에 있는 동안 여자친구 가족들과 함께 지냈어. 그녀의 아버지는 술을 주며 "이 자식아"라는 말을 자주 했지만 나를 싫어하는 것 같지는 않았지. 그녀의 어머니는 아침마다 엄청난 양의 밥을 차려 주셨어. 그 덕분에 나는 매일 아침 두 시간 동안 밥상에 앉아 있었지." 파블로는 그때 배운 한국말 중 "알겠어"와 "괜찮아"라는 말을 유독 자주 했다. '헤어진 그 여자친구에게도 이 말을 자주 했다면 그녀와의 사이가 무척 좋았을 텐데'라는 생각이 들었지만, 그에겐 아무 말도 하지 않았다.

한국은 파블로에게 지구 반대편에 있는 깜깜한 미지의 세계가 아니라, "12시간의 시차로 낮과 밤을 주고받는 조금 특별한 관계에 있는 나라"였다. 그는 친구들과 함께 '멍와우 ― 한국 개의 울음소리인 '멍멍'과 아르헨티나 개가 짖는 소리인 '와우와우'를 조합한 이름 ―'를 만들어 아르헨티나와 한국의 문화예술 교류를 목적으로 하는 일들을 벌이고 있다고 했다. 또 세계 최초로 개인 인공위성을 쏘아 올린 미디어 아티스트 송호준과 한국의 행위예술가 안데스Andeath를 아르헨티나에 초청해 작품전시와 워크숍을 진행했다고 했다. 마지막엔 자신의 360도 프로젝트에 대해서도 소개해주었는데, 그것은 분할된 이미지를 가지고 하나의 공간을 만들어내는 식의 작업이었다. 우리는 파블로의 집 마당에서 함께 사진을 찍었고 그 사진으로 그가 작업하는 모습을 구경했다. 그에게 '어떤 곳에서 사진을 찍을 것인가'하는 문제는 중요하지 않은 듯했다. 파블로는 그저 지구라는 공간에 관심이 많았으니까.

뜨거운 여름날의 고백

파블로의 집에서 머문 지 며칠이 지났을까. 어느 날 아침, 이구름은 막 잠에서 깬 나에게 숨 가쁘게 말했다. "야, 나 기억났어. 파블로가 어제 나한테 뭐라고 했는지 알아? 걔가 나를 좋아한대. 오 마이 갓!" 갑작스러운 소식에 나는 조금 놀랐지만, 흥미로운 일이 벌어진 것에 내심 반가운 마음이 들었다. 예쁘게 꾸미고 다니기는커녕 겨우 샤워만 하고 다니는 여행자 신분에 현지인에게 고백을 받다니! 이 얼마나 감사한 일인가. 하지만 이구름은 파블로의 키 큰 친구, 이반이라면 모를까 파블로는 절대로 안 된다고 말했다. 그러나 나는 파블로가 이구름에게 보내는 미묘한 기류를 모르는 척 감지해볼 요량이었다. 아르헨티나의 뜨거운 여름은 그렇게 우리 곁을 찾아오고 있었다.

휴가철이 되니 사람들은 하나둘 바다가 있는 곳으로 여행을 떠났다. 어느새 여행자임을 잊고 태평하게 현지인과 다름없는 일상을 살아가던 이구름과 나는 파블로와 함께 여행을 떠나기로 했다. 우리의 목적지는 부에노스아이레스에서 12시간 정도 떨어진 마르델플라타Mar del Plata로, 파블로의 아버지가 어린 시절을 보낸 곳이었다. 때마침 그의 아버지도 친구들과 함께 여행을 온 터라 우리는 자연스럽게 그의 아버지를 만날 수 있었다. 파블로의 아버지는 배가 나오고 살결이 거칠었다. 어딘지 모르게 어부의 생김새를 닮은 것도 같았다. 아저씨는 우리에게 스파게티를 만들어줬고, 우리는 식탁에 앉아 아저씨에게 낮과 밤의 구별이 없는 방탕한 아들의 일과를 말해주었다. "파블로는 매일매일 파티에 가요. 아침이 될 때까지 놀고, 술에 취해 집에 들어간다니까요. 잰 인생이 파티예요." 아저씨는 스파게티를 더 가지러 가던 중에 잠시 뒤돌아 우리 셋을 보며 말했다. "나는 스물네 살이 되었을 때, 코가 높고 몸이 가는 한 여자를 사랑하게 되었고, 지금까지도 내 인생에 여자는 그 사람뿐이야. 그때 파블로의 엄마를 만난 걸 후회하진 않지만, 이 바보 같은 사랑을 아들에게 물려주기는 싫어. 내가 확실하게 말할 수 있는 건 이거야. 밤과 인생은 짧다는 것. 그러니 다 먹었으면 다들 나가서 놀아." 이구름과 나는 스파게티를 꼬던 포크를 내려놓고 우리가 조금 전

반해버린 한 남자를 바라보았다. 스파게티 두 그릇을 먹고 배가 더 불룩해진 파블로의 아버지가 우리를 향해 살짝 윙크했다.

우리는 그 휴양지에 사흘 동안 머물렀다. 뜨거웠던 도시에서의 열기는 이곳에서 모두 식어버린 것 같았다. 집에서 나와 짠 냄새가 나는 방향으로 5분쯤 걸어가니 어김없이 바닷가가 눈앞에 펼쳐졌다. 우리는 태양 볕이 뜨겁게 내리쬐는 한낮에 무작정 해변을 걷고 또 걸었다. 오른쪽으로 고개를 돌려 모래 위에 앉아있는 사람들과 그곳에서 벌어지

는 일들을 구경하기도 하고, 왼쪽으로 고개를 돌려 푸른 바다를 보기도 하면서 말이다. 그러다 밤이 되면 온전히 바다만 바라보았다. 칠흑 같은 어둠 속에서 대부분의 것들이 잘 보이지 않았지만 오히려 더 잘 보이는 것들도 있었다. 등대가 쏘는 불빛과 수면에 반사된 달의 모습이 그러했다. 웬일인지 파블로는 바다의 숨소리 앞에서 그 어느 때보다 차분했다.

여행 속의 여행을 마치는 날, 우리는 부에노스아이레스로 돌아가는 버스를 기다리며 정류장에 쭈그리고 앉아 이야기를 나눴다. 새벽

한 시의 정류장은 어제의 분주함을 아직 떨치지 못한 채, 다가오는 오늘을 이미 시작하고 있었다. 파블로가 말했다. "이탈리아 사람과 아르헨티나 사람, 그리고 한국 사람은 통하는 부분이 있어. 그리고 독일 사람과 칠레 사람, 일본 사람은 어딘지 모르게 비슷한 정서를 가지고 있지. 이유를 설명할 수는 없어. 그냥 내 느낌이니까." 그 관계에 대해서 생각해보려는데 파블로가 어느새 나에게 가까이 오더니 검지를 들어 이구름의 얼굴을 가리키면서 이렇게 말했다. "근데 쟤는 일본에서 공부한 애라 그런지 일본 느낌이 나지 않니? 어떨 땐 조금 미친 사람 같다니까." 다행인지 불행인지 '일본Japón'이라는 단어와 '미친 여자loca'라는 말을 알아들은 이구름은 파블로에게 욕을 퍼붓기 시작했다. "야 너 지금 내 얘기 하는 거 맞지? 미쳤다고 했냐? 이 또라이야."

파블로에게 그동안 어떤 감정이 스쳐 지나갔는지 정확히 알 수 없지만, 두 사람이 티격태격하는 모습을 보니 파블로와 이구름이 다시 친구가 된 것만은 확실해 보였다. 우리가 어젯밤 함께 보았던 그 바닷물은 지금쯤 어디로 흘러가고 있을까. 어제의 파티가 끝났지만 아쉬운 것은 없었다. 어느새 우리의 마음은 오늘의 파티를 기대하고 있었으니까. 새벽 한 시, 정류장 안에서 떨고 있는 우리 셋은 도무지 언제 올지 예측할 수 없는 버스를 기다리며 '행복하다'는 감정을 함께 느끼고 있었다.

2

할아버지의 집

Emanuel

길을 잃는다는 건
새로운 장소를 발견하게 되는 것이기도 하니까.

사진 찍지 않는 사진작가

엠마뉴엘Emanuel과의 첫 만남은 아르헨티나 부에노스아이레스의 어느 낯선 기차역에서 이루어졌다. 우리가 그와 만나기로 한 역은 중심가에서 조금 벗어난 곳이었다. 그곳까지는 기차를 타고 이동해야 했는데, 분주한 마음에 그만 실수를 하고 말았다. 플랫폼 사이를 왔다 갔다 하다가 엉뚱한 기차를 타고 만 것이다. 나는 숨을 두 번 크게 쉬고 앞자리에 앉은 청년에게 다가가 물었다. "이 기차가 지금 어디로 가고 있죠?" 그는 우리가 가고 있는 곳이 어딘지 이야기해 주었다. 다행히도 우리가 탄 기차는 원래 목적지와 비슷한 방향으로 가고 있었다. 우리는 엠마뉴엘에게 급하게 연락을 취해 약속장소를 바꿔 어느 작은 기차역에서 만나게 되었다.

"기차를 잘못 타서 이곳에 오게 되었어. 반가워 엠마뉴엘. 그리고 미안해." 그러자 그가 웃으며 말했다. "괜찮아. 길을 잃으면 언제나 새로운 장소를 발견하게 되니까Perderse es conocer nuevos lugares." 작은 키에 곱슬머리를 가진 엠마뉴엘은 마치 다른 세계에서 온 사람처럼 어딘가 특별한 구석이 있었다. 그는 잠시 주위를 살피더니 오래 있어서 좋을 장소는 아닌 것 같다며 우리를 다른 곳으로 이끌었다. 둘이었던 그림자가 셋이 되자 우리는 비로소 마음의 안정을 되찾았다. 이렇게 만난 우리 세 사람은 차를 타고 메르세데스Mercedes 지역 깊숙한 곳에 있는 엠마뉴엘의 할아버지 집으로 출발했다.

자동차 창문 밖에 줄지어 서 있던 건물들이 하나둘 사라지고 그 자리에 들판이 나타난 지 꽤 오랜 시간이 지났는데도 우리는 여전히 달리고 있었다. 그 단조로운 장면이 지루하게 느껴졌기 때문에, 나는 그저 하늘과 땅 사이에 있는 가는 경계를 눈으로 따라가면서, 누군가가 풀어놓은 실을 되감는 느낌으로 창밖을 바라보고 있었다. 그렇게 네 시간 정도 지났을까. 엠마뉴엘이 자동차를 급하게 멈춰 세웠다. 어딘가에서 나타난 육중한 산짐승들이 차 앞을 가로질러 벌써 저 멀리 있는 들판을 향해 달려가고 있었다. 엠마뉴엘은 짐승들이 떠난 뒤 먼지만 뿌옇게 남은 그 자리를 멍하게 바라보았다. 조금 뒤, 안개 같던 먼지가 가라앉자 우리의 눈앞에는 그 어디에서도 본 적 없는 새로운 세계가 펼쳐졌다. 수많은 나무가 서 있고 수백 마리의 동물들이 움직이는 그곳은 누군가의 꿈속 같았다.

엠마뉴엘은 아르헨티나에서 프리랜서 사진작가로 활동하고 있었다. 그는 사진을 공부하기 전까지 네 번이나 전공을 바꿨고 그 과정이 쉽지는 않았다고 말했다. "사진작가가 되길 정말 잘했어. 내가 만약 네 번째 선택을 하지 않고 세 번째에서 멈추었다면 아마 지금처럼 행복하지 않았을 거야. 그런데 앞으로 다섯 번째 선택이 나를 기다리고 있다면 그건 조금 골치 아픈 일이겠지? 하하." 나는 그런 엠마뉴엘을 보며 '이 친군 변덕이 참 심하군'하고 생각하지 않았다. 오히려 자기가 하고 싶은 것을 오랜 시간 동안 공들여 찾아낸 점과 새로운 것을 겁내지 않는다는 점에서 그가 멋지다고 생각했다.

스튜디오를 개조한 엠마뉴엘의 집에는 검은 털을 가진 고양이가 한 마리 있었는데, 한밤중에 불도 켜지 않은 방에서 엠마뉴엘은 용케도 그 검은 몸을 찾아 껴안곤 했다. 그는 함께 사는 고양이를 '나의 공주님princesa'이라 부르며 소중하게 대했다. 그러나 검은 몸이 카메라 주변을 어슬렁거릴 때면 무섭게 쏘아보며 자신의 공주님에게 소리를 질렀다. 그에게 카메라는 그의 고양이보다 더 중요한 듯했다. 하지만 어찌된 일인지, 그는 이 새로운 공간 — 할아버지의 집 — 에 들어온 후 딱

한 번을 제외하고는 사진기를 들지 않았다. '계속해서 변하는 하늘의 색과 빛, 동물들의 움직임, 나무들의 떨림이나 친구들의 행동에 관심이 없는 걸까.' 그의 태도가 의아하면서도 이 멋진 풍경을 사진으로 담지 않는 이유가 궁금해졌다.

나와 이구름은 밥 먹을 시간을 기다리며 침대에 누워 먹고 싶은 것을 천장에 그려보는 중이었다. 오랫동안 먹지 못한 음식들이 몇 개 생각나 시무룩하게 있던 그때, 밖에서 엠마뉴엘의 다급한 목소리가 들렸다. "애들아, 빨리 나와서 하늘 좀 봐." 그의 말에 우리는 신발 신는 것도 포기하고 밖으로 달려나갔다. 그리고 하늘을 본 순간, 나는 세

상의 종말 같은 것을 상상했다. 보석을 녹인 물이 유리병에서 쏟아지는 것을 한 번도 본 적은 없지만, 아마도 그것은 그때 본 하늘의 모습과 크게 다르지 않을 것 같았다. 우리는 마치 그래야만 하는 것처럼 하늘을 바라보며 계속해서 걸어나갔다. 하늘이 내는 빛을 사진으로 찍거나 글로 적어내는 것은 쓸모없는 일처럼 느껴졌다. 우리가 할 수 있는 최선은 그저 그 앞에 배경처럼 서 있는 것이었다. 나와 이구름은 사라지는 빛을 온몸으로 맞으면서 오랫동안 황홀해했다. 고개를 돌려 친구의 얼굴을 보면 왠지 눈물이 날 것 같았던 그때, 엠마뉴엘이 우리의 뒷모습을 찍었다. 그가 며칠간 찍은 사진은 그 사진 한 장뿐이었다.

새로운 놀이

엠마뉴엘의 할아버지가 몇 년 전까지 살았다는 그 집은 방과 의자가 많아서 한눈에도 집주인이 친구가 많고 사람을 좋아하는 사람이라는 것을 알 수 있었다. 그리고 그 착한 주인은 마당이라고 불러야 할지 들판이라고 불러야 할지 모르겠는, 넓은 공간을 말과 오리, 양과 같은 동물들에게 내어주고 있었다. 그 공간에서 우리를 주목하는 이는 아무도 없었다. 시간이 지나면서 우리는 점점 작게 보이고 주변의 것들이 더 크고 자세하게 보였다. 바람이 불어올 때 풀이나 나무의 잎사귀가 어떻게 반응하는지, 양이 풀을 뜯어 먹을 때 입 모양이 어떻게 변하는지, 엠마뉴엘과 그의 친구들이 어떤 표정과 몸짓으로 대화하고 있는지. 우리는 이렇게 얼핏 쓸데없어 보이는 것들을 관찰하며 대부분의 시간을 보냈다. 하지만 일주일을 넘기지 못하고 그 모든 일이 지루해지기

시작했다. 우리에게 무언가 새로운 놀 거리가 필요했다. 그때 엠마뉴엘이 물놀이를 제안했고 우리는 엠마뉴엘을 따라 그의 할아버지가 오래전에 만들었다는 수영장으로 향했다.

처음에 들뜬 마음과는 달리, 그곳에 도착한 우리 — 나와 이구름과 엠마뉴엘의 친구들 — 는 밥공기 주변에 붙어있는 밥풀처럼 수영장 주변에 띄엄띄엄 앉아 어색한 표정을 짓고 있었다. 마리아Maria의 개 루디Rudy도 주인 옆에 엎드려 꼬리만 조용히 흔들어 댈 뿐이었다. 분위기를 반전시킨 건 엠마뉴엘이었다. 그는 어디선가 가져온 빈 페인트 통에 물을 담아 루디에게 뿌리며 말했다. "내 공격을 받아라." 루디는 재빠르게 일어나 공중으로 흩어지는 물방울을 입에 담았다. "다들 들어와 봐. 일단 빠져보면 즐겁다니까!" 어느새 물속으로 들어간 엠마뉴엘이 선뜻 물속으로 뛰어들지 못하는 우리의 발끝을 잡아당겼다. 수영장 안에 발을 담갔다 뺐다를 여러 번 반복하던 우리는 그의 말에 못 이기는 척 파란 수영장으로 들어갔다. 차가운 물이 우리를 껴안았다. 그의 말처럼 물놀이는 즐거웠다. 역시 엠마뉴엘의 말은 한 번도 틀린 적이 없었다.

시골생활은 참 단조롭다. 하지만 그렇다고 해서 모든 일이 순조로운 것만은 아니다. 도시의 그 흔한 편의점 하나 없는 이곳에선 과자나 아이스크림은 상상할 수도 없다. 그나마 집 안에 과일이나 간단히 먹을 음식이 있다면 다행이지만, 그렇지 않다면 허기의 공격에도 속수무책으로 당하고 있을 수밖에 없다. 천둥이 치던 어느 날은 전기가 끊

긴 바람에 어두운 방에 초를 켜놓고 모여 앉아 있어야 했다. 무섭게 내려치는 빗줄기와 천둥 앞에서 우리는 울타리 안에 모인 양들처럼 온순했다. 여전히 도시의 편의가 그리웠지만, 우리는 엠마뉴엘을 따라 이 느리고 조용한 시골생활에 점차 적응해나가고 있었다.

어느 날 엠마뉴엘이 그네를 타고 있는 우리에게 다가와 말했다. "먹고 싶은 게 있으면 뭐든 말해." 그는 배고파하는 우리에게 이 한 마디를 던지고는 우리 대답을 듣기도 전에 휙 사라져버렸다. 그네 위에 앉은 우리는 '도대체 이 시골에서 뭘 구할 수 있다는 말이야'라고 생각하며 허공을 쳐다볼 뿐이었다. 그때 엠마뉴엘이 커다란 바구니를 들고 다시 우리 앞에 나타났다. 누군가 레몬파이가 먹고 싶다고 말했다며, 그는 나무가 많은 곳으로 우리를 이끌었다. 우리가 도착한 곳은 크지도 작지도 않은, 잎이 무성한 나무 앞이었다. 그는 나무를 껴안더니 텔레비전에서 본 적 있는 어느 동물처럼 단숨에 나무 위로 올라갔다. 그리고 얼마 지나지 않아 내 발아래에 레몬이 떨어졌다. 엠마뉴엘은 필요한 것이 있으면 언제나 밭이나 나무로 달려갔고 자연에서 얻어온 것을 친구들과 함께 나누었다. 식당 중간에 있는 식탁 위에는 언제나 음식과 와인, 그리고 음악을 틀 수 있는 노트북이 자리 잡고 있었다. 저녁이 되면 식탁 주변으로 친구들이 모여들기 시작했고, 모두 늦은 시간까지 그 자리를 지켰다. 어느 밤엔 엠마뉴엘이 춤추는 모습을 가만히 지켜보며 각자 생각에 빠졌다. 그림자는 우리가 자리를 떠난 후에도 사라지지 않고 그곳에 남아 춤을 추고 있을 것만 같았다.

일주일간의 시골여행이 끝나는 날, 엠마뉴엘은 친구들의 차 트렁크에 밭에서 캔 채소를 잔뜩 실어주었고, 우리에게도 가져가고 싶은 만큼 맘껏 가져가라고 했다. 우리는 멜론 두 개와 호박 한 개를 가방에 넣었다. 그리고 엠마뉴엘과 마지막 밤을 보내기 위해서 그와 그의 공주님이 함께 사는 무로Muro라는 곳으로 이동했다.

엠마뉴엘의 집은 스튜디오를 개조한 곳으로 방 한 개와 넓은 발코니가 있었다. "원래는 텅 빈 공간이었는데 직접 인테리어를 해서 이렇게 개조했어. 아직 미완성이긴 하지만." 엠마뉴엘이 작은 이빨을 보이며 웃었다. 우리는 중앙에 놓인 큰 테이블에 둘러앉아 밤늦도록 함께 이야기를 나누었다. 그는 자기가 다녀온 나라에 대한 이야기와 함께 브라질에 간다면 포르투갈어를 몰라도 춤으로 소통할 수 있다는 이야기를 해 주었다. 우리는 그 밤에 엠마뉴엘의 춤을 따라해 보며 그 말도 안 되는 춤의 언어를 익혔다. 밤이 깊어지자, 그는 어느새 나무판자를 가져와 우리가 잘 수 있는 방을 만들더니 그 안에 침대 매트를 옮겨 주었다. 언제나 그렇듯, 그가 우리에게 내어준 공간은 아늑했다. 그 밤에 우리의 마음이 얼마나 따뜻했는지에 대해서는 말할 필요도 없을 것이다. 그 안에 있는 우리의 마음은 어디에서 왔는지 알 수 없는 빛으로 가득 찼다.

밤이 지나고 아침이 되었고, 어김없이 이별의 순간이 찾아왔다. 엠마뉴엘은 우리를 기차역까지 데려다 주며 멜론과 호박이 들어있는 가방을 건넸다. 그와 함께한 작은 징표를 건네받은 우리는 다른 곳으로 이동하기 위해 기차에 올라탔다. 좌석을 찾아 앉자 문득 그의 메모장에서 본 글귀가 떠올랐다. '배회하며 돌아다니는 것보다 나에게 중요한 것은 없다. 그것은 어디로 가느냐보다 더 중요하다Nada me significa más que hacer recorrido, es más importante que saber a donde voy.' 그 순간, 우리는 또 다른 배회를 시작하고 있었다.

Oscar

좋은 물건들이야.

항상 좋은 생각을 하면서 만들었으니까.

새로운 터에 밭을 일구기 위해서는 먼저, 땅을 평평하게 고르는 작업을 해야 한다. 그래야 그 땅에서 자라는 식물들이 안전하게 뿌리를 내릴 수 있기 때문이다. 농사를 시작하기 전에, 농부들은 언제나 이 사소하지만 중요한 일을 한다. 세계에서 가장 높은 곳에 위치한 수도, 고도 3,000m가 넘는 볼리비아의 라파즈La Paz에 도착한 우리는 오르막길을 오르는 것에 앞서 숨 쉬는 것부터 새롭게 적응해야만 했다. 막 잡아 올린 물고기처럼 날뛰는 숨을 어찌할 수 없었던 우리는 언덕 중간 즈음에 엉덩이를 대고 앉아 쉬는 시간을 가졌다. 그렇게 아무것도 하지 않은 채로 이틀이 지나서야 겨우 고른 숨을 내쉬며 걸을 수 있게 되었다. 농부에게 땅을 고르는 시간이 필요하듯, 우리에게도 숨 쉬는 것에 적응하는 시간이 필요했던 것이다.

어느날 가쁜 숨을 내쉬며 가파른 길을 오르던 중이었다. 오랜 시간 여행을 하다 보면 당장 어깨에 멘 배낭의 무게가 크게 다가오기 때문에 웬만해선 가방 속에 새로운 물건을 구겨 넣지 않게 된다. 그뿐인가. 만났던 사람들과 헤어지는 일도 점점 익숙해지고, 오전의 기쁨이 오후의 슬픔으로 뒤바뀌는 상황에도 의연함을 잃지 않을 수 있다. 그리고 무언가를 가지지 않더라도 스쳐 지나가는 순간을 가슴속에 간직하는 법을 조금씩 익히게 된다. 하지만 우리는 20대 중반의 여자들. 그날따라 낯선 도시의 가파른 길에는 유혹이 참 많았다. 손으로 만든 지갑이며 장신구 같은 것들이 주머니 속에 가만히 누워 있던 지폐 몇 장을 들썩이게 했다. 평소 같았으면 눈길만 주고 지나쳐버릴 수 있었을 텐데, 이날은 주머니에 손을 넣었다가 빼기를 반복했다. 때마침 그때는 한낮의 태양이 강하게 내리쬐는 시간. 녹이 슨 병따개에서도 빛이 났다.

물건을 파는 남자는 고개를 숙이고 무릎 위에 책을 편 채로 앉아 있었다. 태양의 신을 섬기는 잉카인의 후예들만이 가지고 있는 그 특유의, 빛에 그을린 듯한 피부와 커다란 손을 가진 이 남자는 장사꾼들 틈에 조용히 앉아 프랑스어를 공부하는 중이었다. 가까이 다가가 물건을 집어 들었더니 그제야 고개를 들어 우리를 쳐다봤다. 그리고 조심스럽게 말을 꺼냈다. "좋은 물건들이야. 항상 좋은 생각을 하면서 만들었으니까." 우리와 비슷한 나이 정도 돼 보이는 그는 자신의 이름을 '오스카Oscar'라고 소개했다. 오스카는 얼핏 보아도 주변의 상인들과는 다른 공예품들을 판매하고 있었다. 이구름과 나는 멋도 부릴 줄 모르는 여자처럼 초라한 차림새였지만, 그가 만든 물건을 보고 있는 우리의 눈은 이미 모든 것을 다 가진 것처럼 반짝반짝 빛나고 있었다. 나는 중앙에 지퍼가 있고 앞뒤로 색깔이 다른 손바닥만 한 주머니가 마음에 쏙 들었다. 그 앞에서 서서 만약 그 주머니를 가지게 된다면 안에 무엇을 넣을지 상상해보았다. 누군가는 버리기 위해 여행을 떠난다고 하고 누군가는 채우기 위해 여행을 떠난다고 하지만, 우리의 여행은 버리기 위함도, 채우기 위함도 아니었다. 나는 그 주머니를 집어 들었다. 그냥 내가 가지고 있는 소중한 것을 잘 넣어두면 좋을 것 같았기 때문이다.

그가 고른 주머니는 실을 손으로 엮어서 만든 것인데, 자세히 살펴보니 삼각형이 아닌 직선과 동그라미가 아닌 곡선이 어우러져 독특한 무늬를 이루고 있었다. 오스카는 그 무늬가 옛날 잉카인들이 사용하던 그림언어라고 설명해주었다. '이 작은 주머니가 말을 하고 있다니!' 나는 그에게 주머니에 새겨진 그림언어의 의미에 대해서도 물어보았다. 그는 '태양의 신에게 곡식의 풍요를 비는 것'이라고 했다. '어머나, 신에게 기도하고 있던 것이라니!' 나에게는 이 사소한 일이 특별하게 느껴졌다. 오래전 누군가의 간절함이 주머니를 통해 나에게까지 전해진 것이다. 자동차와 장사꾼들이 만들어내는 시끄러운 소리에도 불구하고 우리의 이야기는 계속되었다.

마음을 다해 무언가를 만들어내는 것

오스카가 들려준 농촌에 대한 이야기는 무척이나 인상 깊었다. 그의 할아버지는 라파즈와 그리 멀지 않은 시골에서 농사 지으며 살고 계신다고 했다. 작은 밭에서 옥수수와 감자를 재배하는 소박한 농부였던 그의 할아버지는 자신이 재배한 작물을 먹기 전에 한참 동안 식사기도를 한다고 했다. 나는 농부와 디자이너에 대해 깊이 알지 못하지만, 그들에게 무언가 닮은 점이 있다고 생각했다. '마음을 다해 무언가를 만들어내는 것'은 디자이너인 오스카와 농부인 그의 할아버지가 가진 공통점이었다.

할아버지의 집은 오스카에게 디자인과 삶에 대해 생각할 수 있

AHUMA
SANKERI
SATELITE

게 하는 '생각의 집'이었다. "그곳에는 특별한 물건도 없고 놀랄 만한 사건도 자주 일어나지 않아. 하지만 거의 모든 종류의 것들이 존재하고 다양한 일들이 일어나지. 겉보기엔 아주 조용하지만 실은 모두가 깊은 마음의 언어로 이야기하고 있는 곳이야." 오스카의 이야기를 들으니 문득 시골만이 가진 분위기가 떠올랐다. 시골에서는 누구 하나 나서는 사람이 없고 모두가 차분하고 겸손한 자세를 가지고 있다. 그리고 가만히 제자리에서 각자에게 주어진 몫의 노동을 해낸다. 사람들이 '혼란, 그 자체의 도시'라고 말하는 라파즈의 어느 시끄러운 오르막길에서 우리는 저마다의 시골을 떠올리고 있었다.

오스카는 시골에서 받은 영감으로 만든 물건들을 도시에 팔기 위해 작은 디자이너 모임을 만들었다고 했다. 판매대가 놓여 있는 그 가파른 오르막길을 끝까지 올라가면 작은 창고가 있는데, 주중에는 친구들끼리 그곳에 모여 작업을 하거나 외국어를 공부한다고 했다. 그리고 주말이 되면 하던 일을 놔둔 채, 시골로 떠난다고 했다. 우리에게 아직 다 완성되지 않은 물건들까지도 보여주고 싶어 했던 그는 창고에 두 번이나 다녀오는 열의를 보이며 자신이 만든 가방과 지갑을 보여주었다. 그는 한사코 사지 않아도 된다고 말했지만, 이구름은 노트북 파우치를, 나는 작은 주머니를 샀다. 그 작은 물건을 손에 쥐자, 곧 우리의 마음은 시골에서 태어난 어느 작은 동물을 껴안은 것처럼 행복해졌다. 집에 도착한 후에도 우리는 그것들을 침대에 내려놓고 한참을 바라보았다. 이구름이 말했다. "이 물건은 마치 나를 위해 만들어진 것 같아."

우리는 오스카를 딱 두 번 만났다. 매번 같은 자리에서 물건을 팔고 — 사실은 고개를 숙인 채 공부를 하고 있었다고 하는 것이 맞을 수도 있다 — 있었기 때문에 무수한 장사꾼 사이에서 그를 발견하는 것은 그리 어려운 일이 아니었다. 두 번째 만났을 때도 오스카는 예전처럼 다리를 가지런히 모으고 무언가에 몰두한 얼굴로 수첩에 메모하는 중이었다. 나는 시골에서 태어나고 자랐기 때문에 시골생활에 대해 큰 환상을 갖고 있지 않지만, 오스카의 시골은 어떤 모습일지 무척 궁금했다. 그런 나의 마음을 그도 느꼈는지, 오스카가 제안했다. "나와 함께 일하는 친구들을 너희에게 소개해줄게. 그리고 돌아오는 주말에는 우리 할아버지가 있는 시골에 함께 가자. 정말 아름다운 곳이야." 우리의 눈이 또다시 반짝였다. 앞으로 재미있는 일들이 계속될 것만 같았다.

하지만 우리는 결국 만나지 못했다. 우리의 여행은 미리 계획한 것을 지켜나가는 것보다 언제나 즉흥적인 쪽을 선택했기 때문에 오스카와의 약속을 저버리고 짐을 챙겨 또 다른 나라로 급히 떠나야 했다. 어쩌면 숨쉬기에 지쳐버린 몸이 그 혼란의 도시를 더는 견뎌낼 수 없었던 것일지도 모른다. 이따금씩 하얀 이빨을 내보이며 환하게 웃었던 오스카가 생각난다. 주변에서 차분한 노래가 들려오는 것처럼 그는 언제나 천천히 움직였다. 숨이 잘 쉬어지지 않는 볼리비아의 라파즈, 그곳에 오래 머물기 위해서는 우리도 오스카처럼 그렇게 해야 했던 것일지도 모르겠다.

3

친구의 친구라는 인연으로

Felipe

고향에 오니 모든 게 정말 편안해.
이곳에 나의 가족이 있거든.

게이 커플과 친구가 되다

날은 어두웠고 도로에는 사람이 없었다. 누군가의 그림자가 잠시 스치듯 보였다면, 골목 어딘가에서 일어나는 마약 거래나 술 취한 사람들의 싸움일 거란 생각이 드는 날이었다. 우리는 그런 으스스한 밤에 만났다. 가죽 재킷을 입은 카를로스Carlos는 저만치에서 우리를 향해 오른손을 크게 흔들고 있었다. 그는 키가 크고 통통하며 몸집과는 어울리지 않는 작은 이빨을 가지고 있었다. 그렇게 아무도 없는 곳에서 만난 우리는 버스 정류장까지 말없이 걸어갔다. 버스 안으로 들어가 자리를 잡고 앉자, 그는 할 말이 있었는데 참아왔다는 듯이 내 옆에 앉아 볼을 들썩거리며 말하기 시작했다.

"덴버Denver 공연에서 너를 처음 봤을 때 말이야. 나는 우리가 굉장히 친해질 수 있을 거라고 생각했어. 참, 그때 네 옆에 서 있던 검정 티셔츠를 입은 남자 기억나니? 그 남자 난 좀 별로였는데. 좀 마초적이라고나 할까? 아무튼 내 스타일은 아니야." 이렇게 잠깐 본 남자를 잘도 기억하고 있는 카를로스와 내가 처음 만난 건 칠레의 어느 클럽에서 인디밴드 덴버의 공연을 보고 있을 때였다.

익숙한 노랫말을 따라 흥얼거리고 있는데 갑자기 옆에 서 있던 어느 뚱뚱한 남자가 내 손을 덥석 잡는 것이 아닌가. 나는 놀라서 토끼 눈으로 그를 쳐다보았다. 그도 당황한 듯 급히 내 손을 놓고 눈을 크게 떴다. "미안합니다. 제 애인인 줄 알았어요." 그는 그렇게 말했지만,

그와 나 주변에는 온통 남자뿐이었기에 그의 설명은 설득력 없는 것이 되어버렸다. 내가 그에게 그런 의심스러운 표정을 짓고 있는데 어디선가 날씬한 몸매에 콧수염을 기른 남자가 가만히 다가와 그 뚱뚱한 남자의 손을 잡으며 그와 나 사이에 섰다. 카를로스와 펠리페Felipe, 그러니까 그들은 게이 커플이었던 것이다.

유난히 여성스럽고 끝을 길게 끌며 말하는 카를로스의 말투에 적응되어갈 즈음 우리는 목적지에 도착했다. 그는 지난번 클럽에서처럼 내 손을 잡으며 말했다. "오늘 너한테 내 남자친구를 정식으로 소개해 줄게." 그 말을 꺼내기가 무섭게 카를로스의 양볼이 붉어졌다. 그는 정말 귀엽고 사랑스러웠다. 그날 펠리페와의 정식 만남을 시작으로 이 커플은 어딜 가든지 나를 데리고 다녔는데, 나는 눈치 없는 여자가 아님에도 불구하고 그들을 잘 따라다녔다. 게이 커플 사이에서 노는 것은 생각보다 편안하고 자유로웠다. 내 안의 여자로서 가지고 있던 경계가 해제된다는 점, 서로 간의 관계가 다른 가능성을 내포하지 않는다는 점이 무엇보다 좋았다. 나는 우리 셋이 만드는 조화가 언제까지나 계속된다면 좋겠다고 생각했다. 하지만 내 바람과 달리, 우리 셋의 관계는 조금씩 변해갔다. 원인은 카를로스와 펠리페, 그 둘의 이별에 있었다.

어느 날, 경마경기장에서 열리는 공연을 보고 집으로 돌아가는 길이었다. 모든 밤거리가 그렇지만 그 구역은 현지인에게도 특히나 위험한 곳이었는데, 우리 셋은 그곳에서 택시를 잡지 못해 앞만 보며 쫓

기듯 걸었다. 카를로스를 다시 만난 그날 밤처럼 분위기가 스산했다. 긴장감을 깨며 내 왼쪽에서 걷고 있던 카를로스가 나에게 물었다. "중남미 출신 가수 중에 누가 가장 유명하다고 생각해?" 내가 대답했다. "리한나Rihanna 아닐까?" 그가 말했다. "나는 리한나 별로 안 좋아해." 그리고 그 말이 끝나기가 무섭게 내 오른쪽에서 걷고 있던 펠리페가 나를 쳐다보며 말했다. "재는 피부색이 검은 사람은 전부 싫어해. 겉으로는 평등이니, 인권이니 해도 어쩔 수 없는 차별주의자야. 가장 좋아하는 가수가 누군지 물어봐 봐. 분명 레이디 가가Lady GaGa라고 할 테니까." 대학에서 법을 공부하고 있는 카를로스는 펠리페의 말에 기분이 많이 상한 듯 보였다. 두 사람 사이에 있던 나는 어느 쪽으로도 치우쳐 걷지 않으려고 노력했다. 나는 그 둘 사이에 애매하게 그어진 금 같았다. 왠지 예감이 좋지 않았다. 빨리 그 위험한 곳을 벗어나고 싶었지만, 그 어둡고 무서운 길은 좀처럼 끝이 보이지 않았다.

이별 그 후

펠리페는 산티아고Santiago를 떠나 칠레의 북쪽 끝에 있는 아리카Arica로 가버렸다. 교사가 되고 싶어 산티아고로 공부하러 왔던 것인데, 이별의 충격이 컸던 것인지 갑자기 학교도 그만두고 나에게 작별인사도 하지 않은 채 고향으로 돌아간 것이다. 그는 나와 카를로스보다 똑똑한 학생이었다. 종종 자신의 장학생카드 ― 일종의 장학금 제도로 얼마의 생활비가 적립되어 있다 ― 로 배고픈 우리에게 햄버거와 후렌치후라이를 사주며 아리카에 대한 이야기를 들려주곤 했다. "내가 자란 아리카는 페루의 국경과 맞닿아 있는 도시야. 그래서 내 억양은 페루사람의 말투와 어딘가 비슷하지." 펠리페는 칠레사람의 발음과 페루사람의 발음이 어떻게 다른지 설명해주었다. 그의 말에 따르면 카를로스의 스페인어 발음은 '단어의 처음과 끝을 먹어버리는 것'이고 자신의 발음은 '단어를 정확하게 발음하고 끝에 여운을 주는 것'이라고 했다. 어찌 됐건 이 둘은 비단 발음에서뿐만 아니라 많은 면에서 달랐다.

펠리페와 함께한 추억의 부스러기는 산티아고 곳곳에 남아있었다. 산티아고에 홀로 남겨진 카를로스는 밤마다 조심스럽게 펠리페의 안부를 물어왔지만, 나도 연락이 닿지 않는 그에 대해 더는 해줄 말이 없었다. 대신 나는 이 가여운 뚱보 친구에게 가끔 메시지를 보냈다. "우리 같이 맥도날드에 갈래? 내가 사줄게." 물론 채식주의자인 카를로스에게 맥도날드에서 내가 사줄 수 있는 건 고작 후렌치후라이 뿐이었지만.

몇 개월의 시간이 흐르고 어느 여름날, 나는 이구름과 펠리페의 고향인 아리카로 향했다. 그곳은 산티아고에서 버스로 12시간 정도 떨어진, 사막이 많은 도시였다. 세상에서 가장 건조한 지역이라는 아리카. 어쩌면 이별 후 눈물 젖은 마음을 말리기에 적합한 곳일지도 모르겠다는 생각이 들었다. 그곳에서 우리는 카를로스의 전 남자친구인 펠리페를 만났다. 우리는 광장에서 만나 인사를 나누고 조금 어색하게 앉아있었다. "펠리페, 정말 오랜만이야. 여기 생활은 어때?" 그가 말했다. "고향에 오니 모든 게 정말 편안해. 이곳에 나의 가족이 있거든." 그의 손목에는 시계가 빛나고 있었고, 그가 들고 있는 휴대전화는 커버를 채 벗지 않은 새것이었다. 산티아고의 검소한 유학생은 어느새 아리카에 있는 번듯한 휴대전화 회사에 취직해 돈을 벌고 있었다. 콧수염은 그대로였지만 펠리페는 예전과는 조금 달라진 느낌이었다.

금요일 밤, 파티라고 하기엔 소박한, 일상적인 모임에 그가 우리를 초대했다. 펠리페는 뚱뚱하고 안경을 낀, 루디Rudy라는 친구와 함께 우리를 마중 나왔다. 나는 그들과 함께 걸으면서 펠리페와 카를로스, 두 사람과 함께 했던 그 숱한 날들을 떠올렸다. 연인이 헤어지게 되면 비단 그 둘의 가슴뿐 아니라, 주변 사람들의 마음에도 작은 그리움이 남게 되는 법. 그러고 보면 두 사람의 이별이 만들어낸 파장은 생각보다 꽤 컸던 것 같다.

우리는 몇 개의 상점과 작은 카지노를 지나 펠리페의 집에 도

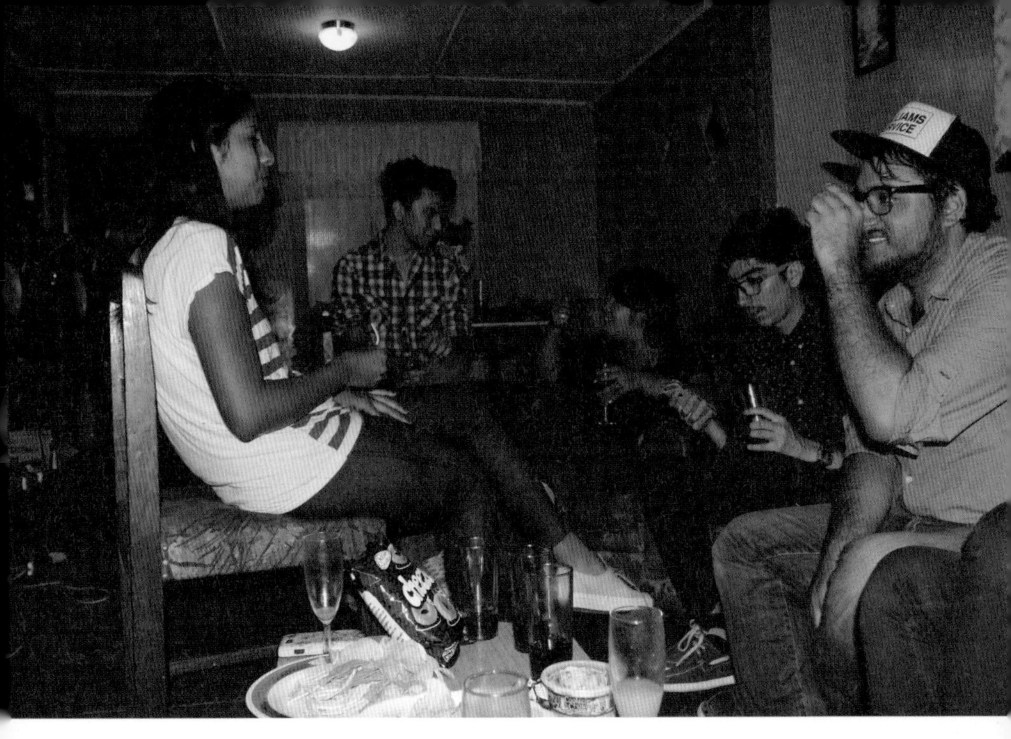

착했다. 산티아고와는 달리 아리카의 밤거리는 그리 위험해 보이지 않았다. 부모님과 함께 사는 그의 집은 거실이 있을 법한 곳에 창고가 있고 장식품이 유난히 많으며, 안과 밖의 구별이 애매해 춥기도 한 그런 공간이었다. 어쩐지 고대의 주술사들이 모여 앉아 주문을 외우고 있을 것 같은 비밀스러운 기운도 느껴졌다. 거실에 들어서자, 먼저 와 있던 그의 여자 친구들과 게이 친구들이 소파 위에서, 그리고 식탁 위에서 성난 고양이들처럼 우리를 쳐다보았다. '먹을 것을 좀 사올 걸 그랬나?' 속으로 생각하던 중에 펠리페가 말했다. "내가 산티아고에서 만난

친구들이야." 그는 나를 옛 애인의 친구라고 소개하는 대신, 자신의 친구라고 소개했다. 숨어있는 주술사들의 주술 덕분인지 친구들의 경계는 곧 해제되었다.

루디는 우리에게 자신의 옛 남자친구 이야기를 꺼냈다. "우린 스무 살에 만났고, 나는 그를 따라 아르헨티나에 갔어. 그의 권유로 그곳에서 사진을 공부했지. 그와 함께 지내는 것이 너무나 행복했는데, 6년간의 연애 끝에 우린 결국 이별하게 됐어. 그리고 나는 그곳 생활을 모두 정리하고 얼마 전에 고향인 아리카로 돌아오게 됐지. 돌아오는 날, 내가 가지고 있었던 건 카메라 한 대와 그 안에 들어있는 그의 사진들뿐이었지." 루디가 나에게 통역을 부탁했기 때문에 이구름에게 이 이야기를 전해야 했는데, 나는 한 마디도 뱉지 못하고 가만히 그의 이야기를 듣고 있을 수밖에 없었다. 루디가 이어서 말했다. "지금은 클럽에서 일하는데, 내가 하는 일은 즐겁게 노는 사람들의 얼굴을 찍는 거야." 나는 간신히 슬픈 기색을 거두고 이구름에게 그의 이야기를 전했다. 이야기를 다 들은 이구름은 일어나서 저쪽으로 걸어가더니 자신의 휴대전화를 뮤직플레이어에 연결했다. 이내 집안엔 슬프지도 신나지도 않은 노래가 울려 퍼졌다. 그날 밤 우리는 전 재산을 도둑맞은 사람들처럼 깊은 슬픔에 빠졌다. 나는 이별 후 고향을 찾은 펠리페와 루디, 그리고 산티아고에 있는 카를로스의 마음을 생각했다. 이들이 얼마나 힘든 시간을 겪었을지 나는 잘 알 수 없었다. 하지만 관계라는 건 결국 누군가와는 가까워지고 누군가와는 멀어지는 과정을 거쳐 제 자리를 찾게 되는 법. 그래서 나는 그들의 이별에 대해 더 이상 슬퍼하거나 아쉬워하지 않기로 했다.

펠리페는 오늘이 엄마의 생신이라며 밖에 나가 함께 축하해주길 부탁했다. 붉은색의 머리에 윤기가 흐르는 그의 엄마는 마당에서 담배를 피우고 있었다. 그녀는 특별한 말을 하지 않았지만 따뜻한 인상을 주는 사람이었다. 우리는 생일축하 노래를 부르고 박수를 쳤다. 그녀는 펠리페가 선물한 시계를 손목에 차고 펠리페를 껴안았다. 그리고 나서 우리 모두를 한 명씩 안아주었다. 카를로스의 옛 애인은 어느덧 엄마의 자랑스러운 아들이 돼 있었다.

혹시 산티아고에 갈 계획이 있느냐는 우리의 질문에 펠리페는 몇 달 후 산티아고에서 열릴 롤라팔루자Lollapalooza — 전 세계의 유명한 아티스트들이 참가하는 음악페스티벌 — 를 보러 갈 거라고 했다. "그럼 그때 우리 다 같이 모여 춤을 추자." 우리는 산티아고에서의 만남을 기약하며 그와 헤어졌다. 하지만 그날 이후 그와는 다시 만나지 못했다. 우리는 아리카에서의 날들을 떠올리면서 다만, '마음 여린 루디는 여전히 펠리페 곁에 있을 테고, 펠리페의 엄마는 반짝거리는 시계를 차고 마당에 앉아 계시겠지'라며 그를 추억할 뿐이었다.

Martin

그녀에게 내 마음을 설명할 수 없었어.
나라고 딱히 이유를
알 수 있는 건 아니었으니까.

바람둥이 피아니스트

마르띤Martin을 처음 만난 곳은 리마Lima에 있는 미라플로레스Miraflores에서였다. 우리말로 하면 '꽃을 보아라'는 뜻을 가진 이 지역은 태평양과 맞닿아 있어 바람이 불어올 때면 왠지 한국에서 맡았던 익숙한 냄새가 나는 것도 같았다. 사실 우리는 충청도 내륙에서 태어나고 자라온 터라, 바다를 보며 고향을 떠올리지는 않았지만 이 바다를 건너면 한국의 동해가 나올 것이라는 생각에 그곳의 물이 그저 반갑게만 느껴졌다. 그렇게 설레는 마음으로 주변을 둘러봤지만 그곳 바닷가 근처에는 고작 대형 쇼핑몰과 음식점이 몇 곳 모여있는 게 전부였다. 상점들을 구경하는 일에 금세 싫증이 난 우리는 바닥에 쭈그려 앉아 머리 위로 지나다니는 갈매기를 바라보며 데이빗David의 친구, 마르띤이 나타나기만을 기다리고 있었다. 우리와 동행한 데이빗은 여행하던 중에 만난 친구인데, 어쩌다 보니 리마에서는 함께 움직이게 되었다. 그는 마르띤과 무려 십 년만에 다시 만나는 거라고 했다. 오랜만에 친구를 만날 생각에 그는 무척이나 들떠 있었다. 우리는 그런 데이빗의 뒤에 물러서서 두 친구의 만남을 지켜보기로 했다. 그리고 얼마간의 시간이 지났을까. 방향을 알 수 없는 곳에서 마르띤이 우리 앞에 나타났다. 데이빗은 반가운 목소리로 마르띤에게 인사를 건넸다. "마르띤, 이게 몇 년 만이야. 너는 정말 변한 게 하나도 없구나!"

오랜만에 만난 두 친구는 서로 할 말이 많았다. 우리는 자리를 옮겨 바다근처 바위 위에 간신히 걸터앉아 있는 어느 레스토랑에 들어갔다. 마르띤은 피스코 샤워Pisco sour — 포도주를 증류시켜 만든 피스코에 레몬 등을 섞어 만든 술 — 를 네 잔 주문하더니, "너희들은 칠레의 피스코 샤워만 마셔봤지? 그건 진짜 피스코 샤워가 아니야. 페루에서 마셔봐야 비로소 진짜 피스코 샤워의 맛을 알게 되는 것이지."라고 말하면서 오른손의 엄지와 검지를 모아 입 끝으로 가져갔다. 그리고는 눈을 살짝 감으며 쪽 소리와 함께 손가락을 폈다. 맛있는 음식을 먹고 난 후 유럽 남자들이 자주하는 그 특유의 손동작은 마르띤을 더욱 세련된 남자로 보이게 했다. 한 손으로는 강한 바닷바람 때문에 제멋대로 흩날리는 머리카락을 쓸어 넘기고, 다른 한 손에는 피스코 샤워가 담긴 잔을 든 채 마르띤은 친구와 이야기를 계속 이어나갔다. 대화 도중 적절하게 주제를 바꾸는 그의 모습은 자동차 핸들을 한 손으로 능숙하게 조정하는 남자의 모습만큼이나 매력적이었다. 자고로 여자들은 남자의 그러한 모습에 반하는 법이지만 우리는 그런 마르띤의 모습에 결코 반하지 않았다. 그저 그에 대해 점점 더 궁금해지기 시작했을 뿐이었다.

두 남자의 이야기를 듣다 보니, 짧은 시간에 우린 마르띤에 대해 꽤 많은 것을 알게 되었다. 그는 원래 대학교에서 컴퓨터 공학을 공부했는데 손으로 자판 같은 것을 두드릴 때 말고는 즐거움이 생기지 않아 전공을 피아노로 바꿨다고 했다. 전공을 바꾸고 나서 여자에게 인기가 더 많아졌다는 이야기가 나오자 그들의 화제는 곧, 여자들에 대한 것으로 옮겨갔다. 그때부터는 파도소리가 커진 것 때문인지 그들의 목소리가 작아졌기 때문인지 이야기가 점점 작게 들렸다. 데이빗은

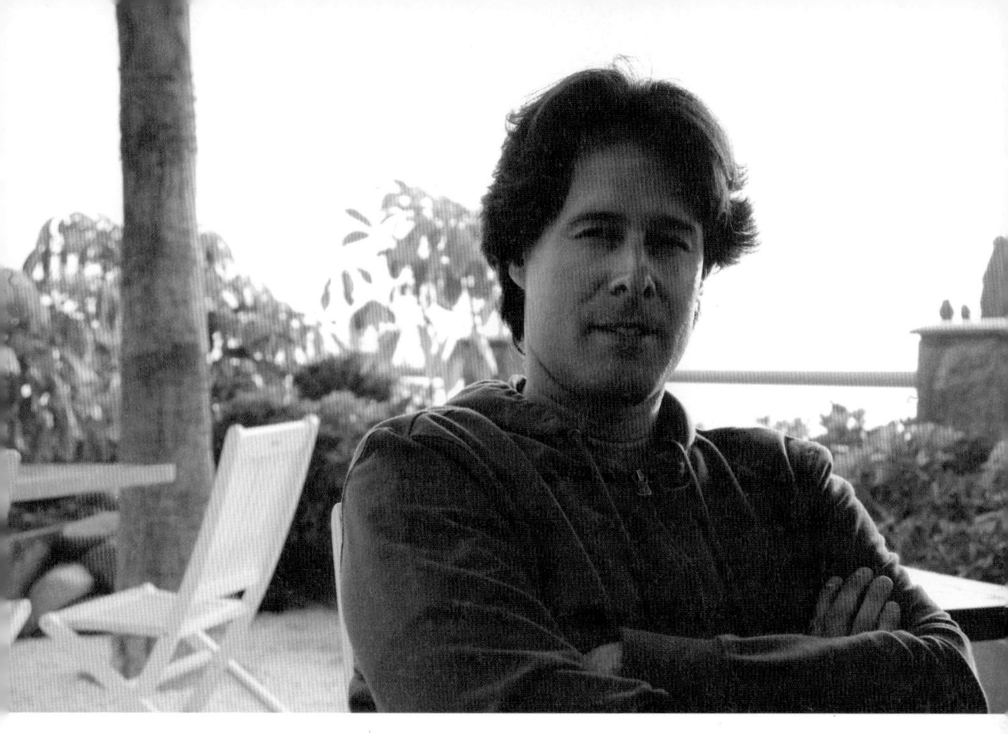

학창시절 마르띤의 주변에는 항상 많은 여자들이 있었다고 했다. 그들은 마르띤이 만났던 스튜어디스와 대학선배에 대해 이야기를 나누었고 또 다른 여자들을 기억해 내려고 했다. 그때 마르띤이 심각한 얼굴로 브라질 출신의 어린 여자이야기를 꺼냈다. 그녀와 결혼까지 약속하고 신혼여행지를 함께 정하는 중이었는데 결국 헤어지게 되었다는 것이다. "정확히는 알 수 없지만, 순간적으로 '처음에 사귀던 여자에게로 다시 돌아가야겠다'는 느낌이 들었어. 그래서 나와 결혼하기로 한 그 어린 여자는 영문도 모른 채 파혼당했지. 그녀에게 내 마음을 설명할

수 없었어. 나라고 딱히 이유를 알 수 있는 건 아니었으니까." 그의 표정과 목소리에서 진심이 느껴졌다. 그런 류의 일은 정말이지 어쩔 수가 없다. 하지만 그가 피아노를 선택한 것도, 과거의 여자에게 다시 돌아간 것도 결국 누구도 알지 못하지만 그만이 알고 있는 '무엇' 때문이라는 생각이 들었다.

마르띤은 낮에는 대학교에서 피아노를 가르치고 밤에는 레스토랑에서 연주하며 지낸다고 했다. 그의 지난 삶은 여자이야기로 가득 차 있었지만, 사실 그가 하루 중 가장 많은 시간을 함께하는 것은 바로 '피아노'였다. 밖이 어두워질수록 그의 기분이 좋아 보였다. 레스토랑에 가야 하는 '6시'가 가까워져 오고 있었기 때문이다.

레스토랑에 가기 전, 잠시 집에 들른 마르띤은 검은색 양복으로 갈아입고 우리 앞에 나타났다. 머리카락은 스프레이로 단단하게 고정시키고 나왔는데, 바람에 날리는 머리카락과 그것을 쓸어 넘기는 그의 손을 더는 볼 수 없게 된 것이 조금 아쉬웠다. 배낭을 멘 나와 이구름, 그리고 데이빗은 정장을 차려입은 신사의 뒤를 따라 배를 개조해서 만든 레스토랑으로 들어갔다. 그곳에 들어서자 레스토랑에 있는 많은 사람의 시선이 일제히 마르띤을 향했다. 그는 인기 있는 사람만이 가질 수 있는 특유의 무심함과 여유로움으로 사람들의 시선을 헤치고 당당히 걸어갔다. 그리고 우리는 의자에 앉아 남은 이야기를 마저 했다. "미국의 한 대학원에서 연락이 왔어. 그런데 글쎄 나에게 피아노를 더 공부해 볼 생각이 있는지 물어보는 거야. 수업료 전부는 아니지만 장학금도 주겠대. 지금 당장 가진 돈은 없지만, 피아노를 팔면 비행기 표 정도는 마련할 수 있을 거야."

6시 30분이 되자 마르띤은 생수를 한 모금 마시고는 크게 한

번 심호흡하더니 일어나 피아노 쪽으로 걸어갔다. 잠시 뒤 그의 피아노 연주가 시작되었다. 검은색 정장을 차려입은 그는 피아노와 정말 잘 어울렸다. 피아노는 검은색 원피스를 입은 여자가 되어 마르띤과 손을 잡고 춤을 추기 시작했다. 어쩌면 그의 바람기를 잠재울 수 있는 건 단 하나, 피아노뿐일지도 모른다. 마르띤은 우리에게 비틀스The Beatles의 노래와 멕시코 가수 루이스 미겔Luis Miguel의 슬픈 발라드곡을 연주해 주었다. 피아노를 쓰다듬는 그의 모습이 무척이나 멋있었다. 몇 곡이 끝나고 사람들이 박수를 치는 사이, 우리는 그에게 짧은 눈인사를 건네고 그곳에서 나왔다. "잘 있어"라는 말이나 "다음에 또 보자"는 말은 오래된 두 친구 사이에 필요 없었다. 우리는 따뜻해진 마음으로 공항에 도착했다. 리마공항은 떠나는 사람들로 가득 차 있었다.

시간이 지나고 마르띤의 소식을 들었다. 그는 미국 워싱턴Washington에 있는 어느 대학원에 입학해 피아노를 공부 중이며, 몇 번의 공연을 마치고 얼마 전 여자친구와 결혼을 했다고 한다.

4

두 까띠와의 만남

Katty

차가 없어서 우리는 같이 걸었고,
레스토랑에 가는 대신 함께 요리했어.
멋진 데이트 장소를 찾는 대신
음악을 크게 틀어놓고 방안에서 춤을 췄지.
그리고 항상 서로에게 키스와 포옹을 선물했어.

어두운 창고

회사의 리셉셔니스트로 일하고 있는 까띠Katty. 그녀와 눈인사 정도는 나누었지만, 따로 이야기를 나눠본 적은 없었다. 하지만 어느 날 우연히 까띠와 나, 이구름은 라스 콘데스Las Condes — 산티아고의 큰 회사가 밀집되어 있는 지역 — 의 커다란 건물 사이를 함께 걷게 되었다. 나는 망설임 끝에 용기 내어 그녀에게 먼저 말을 걸었다. "네가 보기에 칠레 남자는 대체로 어떤 것 같아?" 딱히 궁금했던 것은 아니었지만, 그녀에게 처음 건네는 질문으로 꽤 적절하다는 생각이 들었다. "그거야 사람마다 다르지." 그녀는 시선을 앞쪽에 고정한 채 짧게 대답했다. 더 이상 대화를 이어나갈 수 없었지만, 나는 대답을 듣고 기분이 좋아졌다. 그녀와 아주 친해질 수 있을 거란 생각이 들었기 때문이다.

우리가 다시 만난 날, 까띠와 대화를 나누며 그녀에 대해 좀 더 알 수 있었다. "나는 가난한 남자가 좋아. 왠지 모르겠지만, 내가 만난 사람들은 항상 가난했어." 까띠가 빨간 입술을 거의 움직이지 않은 채 말했다. "차가 없어서 우리는 같이 걸었고, 레스토랑에 가는 대신 함께 요리했어. 멋진 데이트 장소를 찾는 대신 음악을 크게 틀어놓고 방안에서 춤을 췄지. 그리고 항상 서로에게 키스와 포옹을 선물했어." 무슨 사정인지는 자세히 모르겠지만 짐작할 수 있었다. 그녀의 마음속에는 아직 굳지 않은 감정이 남아 있어서 그것이 다 마르기를 기다리는 중인 것 같았다. 적당한 말을 찾지 못한 나는 그녀와 함께 옆에 있는 흰 벽을 따라 걸었다. 그때 내가 할 수 있는 건 그것뿐이었다.

그날 밤 우리는 클럽에서 함께 춤을 췄다. 까띠는 남자들에게 인기가 많았지만 다가오는 남자에게 미소 한 번 지어주는 일이 없었다. 남자들은 미꾸라지처럼 사람들 사이를 헤집고 그녀에게 다가왔다가 도도한 그녀의 모습에 금세 어디론가 사라져버렸다. 밤이 깊어질 때까지도 까띠는 입을 벌려 크게 웃거나 하품을 하지 않았다. 그녀의 빨간 입술 사이를 간간이 드나드는 건 하얀 담배 연기뿐이었다. 우리는 피스콜라Piscola — 피스코 샤워와 콜라를 섞어 만든 음료 — 를 한 손에 쥐고 아무런 말없이 춤만 췄다. 모르는 사람이 우리를 보았다면 '재미없다'고 생각했겠지만 나는 의미 없는 대화를 나누는 것보다 침묵하는 우리의 관계가 더 좋았다. 아마 그녀 역시 그렇게 생각했을 것이다.

일주일 뒤 우리는 클럽 셀러Cellar에서 다시 만났다. 그곳은 어둡고 깜깜했는데, 왜 이름이 'Cellar' — 영어로 '지하 창고'라는 뜻 — 인지 짐작이 갔다. 클럽 안에선 가난한 음악가들의 공연이 열리고 있었다. 술과 마리화나 냄새로 가득 찬 그곳에서 나는 '이 사람들은 이곳에 오지 않았다면 오늘 어디로 가야 했을까?'를 상상해 보았다. 우리가 지하 창고 안에서 숨죽이며 음악을 듣던 그 날은 군부독재 시절에 두 청년이 경찰에게 억울하게 죽임을 당한 날이었다. 희생된 두 청년은 대부분 사람들의 기억 속에서 사라지고 있지만, 매년 3월 29일만 되면 많은 젊은이들이 길거리에 나와 격렬한 시위를 일으키고 사회에 반항한다. 이날도 그랬다. 밖은 어둡고 위험했으며 많은 것들이 부서지고 있었다. 이 밤에 우리가 머물 수 있는 곳은 그리 많지 않았다. 더럽고 어두우

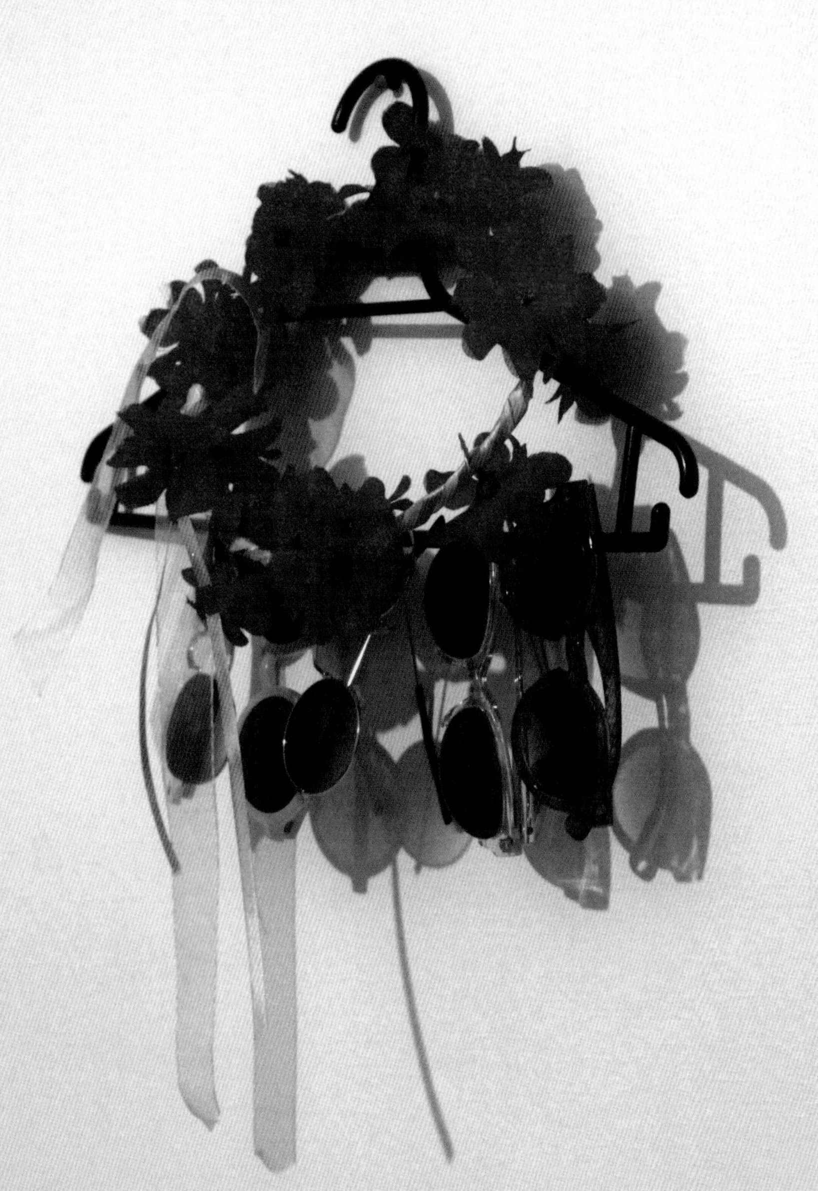

며 퀴퀴한 냄새로 가득 찬 셀러가 그나마 우리에겐 안전한 공간이었다.

까띠는 예전 남자친구와 이곳에 자주 왔었다고 했다. 슬픈 기색 하나 없이 무뚝뚝하게 말하는 그녀의 메마른 표정은 나를 더 슬프게 만들었다. 나는 궁금함을 참지 못하고 그녀에게 물었다. "그가 그리워?" 까띠가 대답했다. "전혀." 하지만 나는 잘 알고 있다. 누구도 사랑 앞에서 냉정해질 수 없다는 사실을. 하나의 세계를 접고 전혀 다른 세계로 향하는 것은 지하철을 갈아타는 것처럼 결코 간단한 문제가 아니었다. 그건 이구름과 나도 마찬가지였으니까.

반항하는 청년들의 날Día del Joven Combatiente, 우리는 클럽에서 함께 춤을 추다가 날이 밝아서야 밖으로 빠져나왔다. 거리는 파편과 술병으로 잔뜩 어질러져 있었다. 문득 '혹시 오늘, 까띠 역시 무언가를 부수고 싶었던 것은 아닐까'라는 생각이 들었다. 그것은 예전 남자친구를 잊지 못하는 그녀 자신의 마음일지도 모르겠다. 어찌 됐든 가만히 서 있던 차들이 이유 없이 부서지고, 가게의 유리창이 처참히 깨진 채로 그 위험한 날도 그렇게 끝이 나고 있었다.

우리에게 필요한 것은 사랑뿐

처음 까띠를 만난 후 다시 그녀를 만나기까지는 4개월이라는 시간이 걸렸다. 다른 지역을 여행하고 칠레로 돌아온 날, 오랜만에 본 그녀는 어깨까지 흐르던 머리를 높게 올려 묶고 휴대전화를 만지작거리고 있었다. 우리는 반갑게 인사를 나누고 서로의 근황을 물었다. 그간 까띠의 삶에 일어난 가장 큰 변화는 바로 남자친구가 생겼다는 사실이었다. "이름은 나초Nacho이고, 인디밴드에서 베이스를 맡고 있어. 그는 칠레 대학교Universidad de Chile의 축구 팬이야. 나는 그의 팔에 새겨진 작은 타투를 좋아해. 'u'자 모양인데 그가 좋아하는 축구팀의 심볼이기도 해. 정말 귀엽지 않아?"

믿기지 않았지만, 그녀는 정말로 연애를 하고 있었다. 4개월 전만 해도 굳게 잠겨 있던 까띠의 빨간 입술은 쉴 새 없이 남자친구에 대해 이야기하고 있었다. 우리는 몸을 약간 앞으로 숙여 그녀의 이야기에 귀를 기울였다. "그는 키가 작고 수염이 많아. 일 년 동안 여러 나라를 떠돌아다니던 그의 형이 얼마 전 집에 돌아와서 정말 기뻐하고 있어. 그에게 또 무슨 일이 있었더라? 아, 다음 달엔 멕시코의 한 음악 페스티벌에 초청되어 그곳에서 공연할 예정이야." 짧은 시간 동안 우리는 그에 대해 많은 것을 알게 되었다. 남자친구가 생긴 것 외에도 까띠에게는 달라진 점이 많았다. 무엇보다도 그녀가 달라져 있었다. 그녀는 얼마 전부터 취미로 옷 만들기를 배우기 시작했다며 자신의 디자인 스케치를 보여주었다. 작은 책상에 앉아 무뚝뚝하게 전화를 받던 예전 모습은 떠올

릴 수 없을 정도로 그녀의 얼굴에는 생기가 넘쳤다. 그리고 바뀐 것이 또 있었다. 우리가 자주 함께 갔던 클럽 셀러가 불법영업으로 경찰 단속에 걸려 문을 닫은 것이었다. 우리가 함께 음악을 듣던 비밀의 공간에 더 이상 갈 수 없다는 사실이 슬펐지만, 한편으론 그곳에서 너무나 쓸쓸해 보였던 까띠의 모습이 떠올라 차라리 다행이라고 생각했다. 우리는 그녀와 나초 사이에 셀러를 대신할 새로운 공간이 생기길 기도했다.

머리 꼭대기에 있던 해가 뉘엿뉘엿 질 때 즈음, 마주 보던 우리는 그만 자리에서 일어났다. 까띠는 이제 남쪽으로 가야 했고, 이구름과 나는 우리가 머무는 집이 있는 산티아고의 동쪽으로 가야 했다. 예전처럼 시끄러운 클럽에서 밤을 지새우며 시간을 보낸 건 아니었지만, 우리는 그때보다 더 큰 행복을 느끼고 있었다. 역을 향해 나란히 걷던 우리 셋은 중간에 등을 보이며 서로에게 작별인사를 했다. 정말로 이별의 시간이 온 것이었다. "잘 가." "응, 너희도!" 돌아서는 까띠의 뒷모습이 눈에 들어왔다. 높게 묶은 머리와 그 아래 있는 하얀 목을 지나 목 아랫부분에 있는 타투에 시선이 머물렀다. 그곳에는 이런 글귀가 쓰여 있었다. "두려워하지 마No fear."

그녀의 일과 사랑을 응원하며 우리도 집이 있는 동쪽으로 몸을 돌렸다.

No Fear

Katty Henriquez

난 언제나 아이들과 함께 있을 거야.
여기가 내가 있어야 할 곳이잖아.

네 번째 멤버

"4,000페소만 빌려 줘." 겨우 마가리타Margarita를 한 잔 마셨을 뿐인데 까띠 엔리께Katty Henriquez는 이미 취해 있었다. 이쪽저쪽으로 방향을 바꿔가며 쓰러질 듯 주위를 배회하던 그녀는 몇 평 남짓한 공간을 벗어나지 못한 채 연신 같은 자리를 맴돌고 있었다. 그날이 우리가 처음으로 함께 어울린 날이었다.

까띠 엔리께는 까띠의 직장 동료였는데, 까띠와는 정 반대의 성향을 가지고 있었다. 조용한 까띠는 언제나 책상 위에 초콜릿과 자스민차를 두고 일을 했다. 이따금씩 길거리 패션 사진이 업로드 되는 사이트 — www.vistelacalle.cl — 에 들어가 자신이 찍힌 사진을 확인하거나, 밴드 공연정보를 찾아보기도 하면서 조용히 그 자리를 지켰다. 반면 까띠 엔리께는 항상 누군가와 이야기를 나누고 있었다. 그녀는 자주 전화통화를 하거나, 지나가는 사람과 농담을 주고 받았다. 까띠가 조용하고 차가운 여자라면 까띠 엔리께는 밝고 힘껏 웃는 여자였다. 이름이 같은 두 여자는 정수기의 냉수와 온수처럼 서로 다른 느낌으로 그렇게 안내데스크에 앉아있었다. 그녀들은 너무나 달랐지만 서로를 굉장히 존중하는 듯했다. 자신의 이름으로 서로를 부르며 둘 사이에는 보이지 않는 친밀감이 자리 잡고 있었다.

우리는 까띠와 자주 어울려 다녔고, 까띠 엔리께는 그런 우리 사이에 들어와 함께 놀고 싶어 했다. 레게톤Reggaeton — 중남미 특유의 리

듬을 가진 음악으로 남녀노소가 즐긴다 — 음악을 좋아한다고 했던 그녀가 갑자기 “일렉트로닉 음악을 틀어주는 클럽에 가고 싶어”라고 한 걸 보면 얼마나 우리와 함께하고 싶었는지 짐작할 수 있었다. 그런 그녀를 소외시키고 싶지 않았던 우리는 클럽에서 만나 함께 놀기로 했다. 그날이 바로 오늘이었다.

술에 취한 까띠 엔리께가 요구한 4,000페소는 한화로 8,000원 정도였다. 그리 큰돈은 아니었지만 이구름과 나는 선뜻 돈을 내밀지 못하고 그녀의 수상한 행동을 보고만 있었다. 내 옆에 있는 까띠도 말이 없었다. 그녀는 나에게 가까이 다가오더니 속삭이듯 말했다. “내가 지금 당장 어디에 가고 싶은데 택시비가 없어서 그래.” 그녀는 어디에 가고 싶은지, 왜 지금 그곳에 가야 하는지 말해주지 않았다. 하지만 목소리에서 느껴지는 간절함은 숨길 수 없었다. 그녀의 진심을 모르는 척할 수 없었던 나는 주머니를 뒤져 1,000페소 지폐 네 장을 그녀에게 건넸다. 그렇게 까띠 엔리께는 택시를 타고 어디론가 사라져버렸고, 그녀가 그토록 고대했던 우리 넷의 모임은 허무하게 끝나버렸다.

까띠 엔리께가 까띠의 친구이며 회사의 리셉셔니스트로 일하고 있다는 것, 그리고 우리와 함께하고 싶어한다는 것은 알고 있었지만 막상 그녀에 대해 아는 것은 별로 없었다. 결혼은 했는지, 누구와 함께 살고 있는지, 일이 끝나면 무엇을 하는지에 대해 그녀는 한 번도 이야기하지 않았다. 우리는 그저, 그녀가 아침 일찍 출근하고 서둘러 퇴근하는 모습을 보며 '뭔가 바쁜 일이 있나 보다' 하고 생각했을 뿐이었다. 그날의 사건 이후, 까띠 엔리께는 우리가 다가가면 반겨주고, 여전히 크게 웃는 모습은 변함없었지만, 자신의 자리에서 일어나 우리와 함께 놀러 가진 않았다. 그녀가 더 이상 자신의 자리를 떠나지 않는 것이 조금은 슬프게 느껴졌다.

나중에야 알게 된 사실이지만 까띠 엔리께에게는 두 명의 딸이 있었다. 딸의 이름은 호세파와 아구스띠나로 그들은 벌써 중학생과 초등학생이었다. "오래전에 이혼했고 지금은 혼자서 아이들을 키우고 있어." 그녀는 언제나 그렇듯 웃으며 말했다. "시간을 내기가 좀처럼 쉽지 않아. 오전 8시에 출근을 하고 저녁 6시에는 대학교에 가지. 그리고 밤 10시 즈음 집으로 돌아와 집안일을 해. 주말에는 온종일 아이들과 함께 시간을 보내지." 그녀에게 정해진 일과를 벗어나는 일은 겨울날 차가운 물에 뛰어드는 것보다 더 힘든 것처럼 보였다. 나는 그날 클럽 앞에서 몇 평 남짓한 공간을 배회하던 그녀의 모습이 떠올라 가슴이 저릿해졌다.

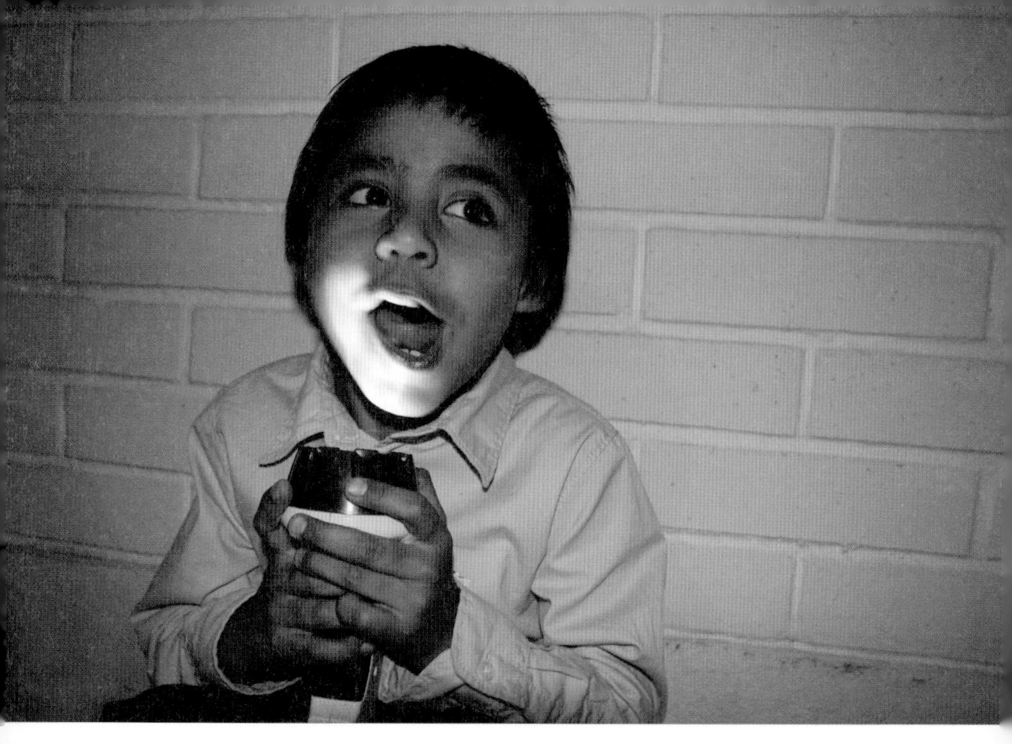

하루는 그녀의 딸 생일파티에 초대받아 까띠 엔리께의 집에 가게 되었다. 까띠와 이구름, 그리고 나는 아기 예수의 탄생을 축하하는 세 명의 동방박사처럼 나란히 밤거리를 걸었다. 지하철을 타고 버스를 두 번 갈아탄 끝에 그녀의 집에 도착할 수 있었다. 우리는 단번에 그 집을 찾아낼 수 있었는데, 그것은 빛 때문이었다. 달이 가장 높고 환하게 뜬다는 자정이 가까워지고 있었지만 그 집에서 새어 나오는 빛은 달빛보다 훨씬 더 밝았다. 집 안에서는 첫째 딸 호세파의 생일파티가 한창이었다. 우리는 호세파에게 다가가 인사하고 준비해간 선물을 내밀었다. 그러자 그녀는 신이 나서 선물을 가지고 방으로 들어갔고 친구 네댓 명도 뒤따라 들어갔다. 거실에는 우리 세 동방박사를 포함하여 열 명 정도의 어른과 스무 명 정도의 아이들이 있었다. 식탁에는 음식이 풍성하게 차려져 있었고, 바닥에는 선물 포장지가 어질러져 있었다. 무거운 분위기는 어디에서도 찾아볼 수 없었지만, 우리는 이곳 분위기에 쉽사리 섞이지 못하고 딸과 함께 춤추고 있는 까띠 엔리께를 가만히 응시할 뿐이었다. 우리는 그녀가 엄마라는 사실에 새삼 놀라고 있었다.

다른 사람과 대화를 하려면 밖으로 나가야만 할 정도로 집 안은 음악 소리로 가득 차 있었다. "응? 뭐라고?" 우리는 서로의 말을 세 번이나 되묻고 나서야 밖으로 나갔다. 그리고 밤 공기를 나눠 마시며 이런저런 이야기를 나누었다. "엄마가 된 지는 꽤 됐는데 아직도 어려운 게 많아. 하지만 언제나 아이들과 함께 있을 거야. 여기가 내가 있어야 할 곳이잖아." 그녀는 다짐하듯 말했다.

엄마가 되는 일은 정말 멋진 일인 것 같았다. 이유는 설명할 수 없지만, 그녀를 보며 나는 그렇게 생각했다. 때마침 그녀의 딸 호세파가 저쪽에서 걸어 나오더니 우리 앞에서 두 팔을 벌리고 누웠다. 그 덕분에 우리도 덩달아 호세파가 응시하고 있는 하늘을 바라보게 되었다. 언제부터였는지는 모르겠지만 머리 위에는 이미 많은 별이 모여있었다. 옆에 있던 남자아이가 구석에 있는 작은 별들도 보라며 손전등으로 하늘을 비춰주었다. 그 불빛을 따라 하늘을 올려다보던 나는 슬며시 고개를 내려 까띠 엔리께의 얼굴을 쳐다보았다. 앞으로 누군가가 나에게 '엄마'에 대한 이야기를 꺼낸다면, 아마도 우리 엄마와 함께 그녀의 얼굴을 떠올리게 될 것 같다는 생각이 들었다.

여행을 마치고 한국으로 돌아온 지 1년쯤 지났을 때, 까띠 엔리께가 우리에게 메시지를 보내왔다. 메시지에는 매우 반가운 소식이 담겨있었다. "오늘 아침에 잠에서 깼는데 새삼 이런 생각이 들더라고. '지금 이 순간이 있기까지 내가 참 많은 장애물과 어려움을 통과해왔구나'하는 생각 말이야. 어떻게 그 모든 것들이 지나가 버린 걸까 싶어. 그리고 너희에게 전해줄 기쁜 소식이 하나 있어. 이제 4주만 있으면 나의 세 번째 아이를 품에 안을 수 있게 된다는 거야. 내가 세 아이의 엄마가 된다니 믿기지가 않아. 아무튼 멀리서도 계속되는 너희의 관심과 사랑에 늘 감사해 하고 있어. 정말 고마워."

5

우리가 머물렀던 그곳에서

Ricardo

여러 나라에서 오는 여행자들을 만나다 보면
나마저도 여행하는 기분에 빠지게 돼.
정말이지 이미 많은 나라에 다녀온 것 같은 기분이야.

특별한 여행법

대부분의 경우 소중한 사람들과의 만남은 운명적으로 시작된다. 소중한 사람뿐 아니라 설사 모든 종류의 만남이 운명이라고 할지라도 나는 리까르도Ricardo와의 만남을 운명이라고 말하고 싶다. 우리는 눈물 날 정도로 아름다운 도시, 수크레Sucre에서 처음 만났다.

그를 만나기 전, 볼리비아의 남쪽 도시 살타Salta에서 수크레까지 가는 여정은 어느 한 장면만 떠올려 보아도 가슴이 쓰릴 정도로 고생스런 순간들이었다. 수백 개의 고개를 넘으며 견뎌야 했던 지루함과 창밖으로 펼쳐져 있는 절벽 아래의 아찔한 모습은 그렇다 쳐도 그 추운 밤, 뼛속 깊이 파고드는 추위는 도무지 피할 재간이 없었다. 버스 기사에게 "가방 속에서 옷을 더 꺼내 입으려고 하니 차를 잠시 세워 짐칸 좀 볼 수 있겠냐"고 물어보았지만 돌아오는 대답은 묵묵히 자갈을 밟는 타이어 소리뿐이었다. 그 밤의 추위는 버스 기사조차도 침묵하게 만들어버렸다. 나는 임시방편으로 목덜미라도 감쌀 수 있을까 싶어 조용히 버스에 붙어 있는 커튼을 뜯었다. 문득 '내가 누구를 만나자고 이 먼 길을 힘들게 가고 있나?'라는 생각이 들면서 한국에 있는 나의 따뜻한 집이 몹시 그리워졌다. 그렇게 긴 세월 같았던 12시간이 지나고 나서야 우리는 하얀색의 낮은 건물들이 모여있는 도시, 수크레에 도착했다.

고생 끝에 도착한 도시였지만 우리는 그 도시에 많은 것을 바라고 있지 않았다. 그저 우리에게 필요한 건 따뜻한 물과 담요 한 장뿐

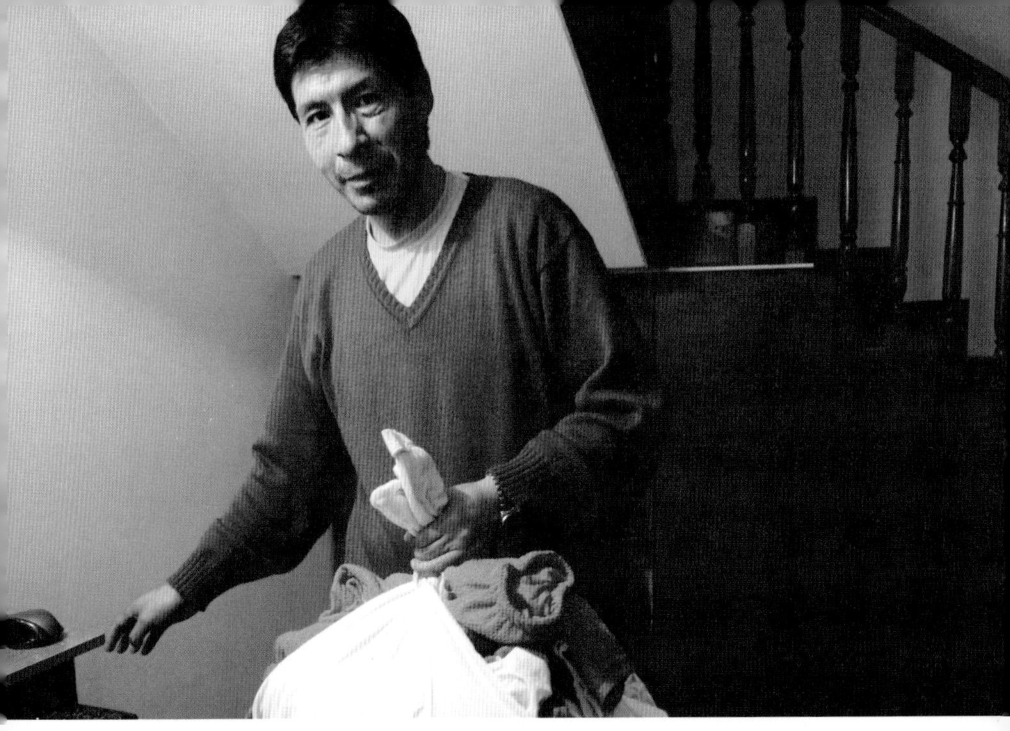

이었다. 영화를 보아도 대게 운명은 간절한 순간에 찾아오기 마련이다. 리까르도와의 만남도 그러했다. 택시운전사가 마음대로 내려 준 '호스텔이 많이 모여있는 곳'에서 발걸음이 이끄는 대로 걷다 보니, 어느 순간 우리 앞에 리까르도가 서 있는 것이 아닌가. 그에게 '주인'이라는 말은 어쩐지 어울리지 않는 것 같았지만, 그는 께추아 인 수크레Quechua Inn Sucre라는 호스텔의 엄연한 '주인'이었다. 그는 우리의 큰 배낭을 들어 호스텔 안으로 옮겨주었다. 하필 그때 비가 쏟아지고 있어서 우리는 인사

도 잘하지 못하고 급히 안으로 들어갔다. 호스텔은 일정한 시기마다 벽을 흰색으로 칠해야 하는 그 도시의 규칙대로 하얀 외관을 잘 유지하고 있었고 내부 또한 깔끔해 보였다. 이구름과 나는 호스텔 거실의 소파에 앉자마자, 이곳에 2주 동안 머물기로 단번에 결정해버렸다. 화장실은 깨끗한지 침대는 편안한지 확인해보는 것은 우리에게 그리 중요한 일이 아니었다. 그 순간에는 모포와 따뜻한 물을 건넨 우리의 구세주, 리까르도가 천사로 보일 지경이었으니 말이다.

그에게는 잘 웃는 아내와 어린 딸이 있었다. 아기가 있는 집이 대게 그러하듯, 옥상엔 언제나 젖은 빨래가 널려 있었고 해가 떨어지면 집안의 모든 불이 꺼졌다. 리까르도의 가족은 호스텔의 지하에 살고 있었다. 매일 밤이면 그의 불 꺼진 방 위에서는 투숙객들이 모여 앉아 지나온 여행지와 앞으로 갈 여행지에 대해 신이 나게 이야기했다. 하지만 우리는 그러지 않았다. 활기찬 그들 사이에서 들뜬 마음을 나누는 일이 어쩐지 허무하게 느껴졌기 때문이다. 우리에겐 리까르도의 세 식구를 지켜보는 일이 더 평온하고 즐거운 일이었다.

거의 매일 아침마다 새로운 여행자들이 호스텔을 찾았다. 세계 각지의 여행자들이 한곳에 모인 만큼 한 사람, 한 사람 저마다의 개성을 가지고 있었다. 그중에는 노트에 깨알만 한 크기로 소설을 쓰는 남자, 에콰도르에서 서핑을 즐기다 온 남자, 온몸에 문신한 커플도 있었다. 문제는 이러한 친구들이 한 명 두 명 우리 방을 찾기 시작하더니, 급기야 우리 방이 '모두의 방'이 되었다는 사실이다. 아침에 잠에서 깨면 웃통을 벗은 남자들이 저쪽 침대에서 우리를 향해 "굿모닝!"을 외쳤다. 하지만 그들의 알몸을 똑바로 볼 수 없었던 우리는 시선을 피하며 인사를 하는 둥 마는 둥 할 뿐이었다. 그렇게 우리는 또다시 그들과 섞이지 못한 채 거실로 나왔다.

마침 소파에 앉아있던 리까르도가 우리를 향해 "좋은 아침Buenos dias!"을 외쳤다. 오, 리까르도! 우리는 차분하고 따뜻한 그가 이상하리만큼 좋았다. 우리가 옆자리에 앉자 그는 마침 손에 들고 있던 그림을 우리에게 보여주었다. 몇 장에 걸쳐 이어지는, 이야기가 있는 그림이었다. 벌거벗은 두 사람이 침대에 껴안고 누워 있다가 하나의 몸으로 합쳐지더니, 그 몸은 초록색으로 변하면서 한 마리의 악어가 되었다. 마지막 그림에서는 한 마리의 악어가 침대에서 내려와 어디론가 가고 있었다. "좀 오래전 일인데, 이 호스텔에 어느 화가가 묵은 적이 있어. 그는 소파에 앉아서 며칠 동안 이 그림을 그렸지. 내가 이 그림을 마음에 들어 했더니 떠나는 날 완성된 그림을 자기 침대 위에 두고 갔더라고." 아련한 표정으로 옛 추억을 떠올리던 리까르도는 들고 있던 그림을 하얀 벽에 기대어 세워 두고는 어느새 곁에 다가온 3살짜리 딸을 안고 사라졌다.

바람이 이불보다 포근하게 느껴지는 어느 날에는 옥상에서 리까르도와 함께 도시의 야경을 감상했다. 수크레의 밤은 교회의 십자가나 높은 빌딩이 내뿜는 강렬한 불빛이 아닌 가정집에서 뿜어져 나오는 소박한 백열등의 불빛으로 가득 차 있었다. 그는 우리가 태어나고 자라온 도시에 대해 물었다. 그리고 자신의 이야기를 들려주었다. "나는 여러 나라의 도시를 돌아다니고 싶었어. 그게 내 꿈이었지. 하지만 볼리비아에서 돈을 벌어 외국에 나가는 것은 쉬운 일이 아니야. 그래서 부인과 나는 호스텔을 운영하면서 여러 나라에서 오는 여행자들을 만나기로 했어. 그러면 나마저도 여행하는 기분에 빠지게 되거든. 정말이지 이미 많은 나라에 다녀온 것 같은 기분이야."

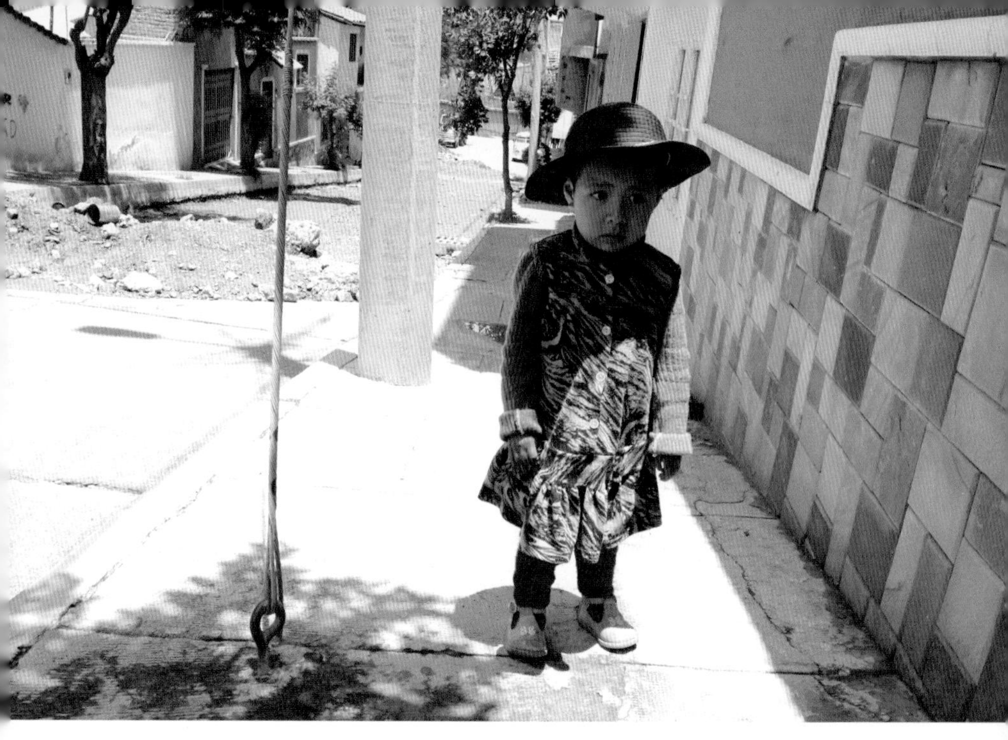

내 집 같은 편안함

우리는 하마터면 수크레에서 이 여행을 끝낼 뻔했다. 키 작고 순진한 사람들이 모여 사는 마을을 떠나 다른 도시에 가고 싶은 마음이 더 이상 들지 않았기 때문이다. 리까르도는 호스텔을 운영하며 여행하는 것 같은 기분이 든다고 말했지만, 반대로 우리는 그의 집에 머물면서 긴 여행을 마치고 집에 돌아온 듯한 나날을 보냈다.

하루의 일과는 시장에 가는 것으로 시작했다. 우리는 항상 20

볼리비아노를 주머니에 넣고 호스텔에서 나와 1볼리비아노짜리 버스를 타고 중앙시장Mercado Central에 갔다. 그곳에서 5볼리비아노짜리 과일 주스를 마시고 돌아오는 길에 남은 14볼리비아노를 몽땅 도둑맞은 일이 몇 번이나 있었지만 상관없었다. 시장에 다녀와서는 늦은 아침을 만들어 먹었고, 점심땐 옥상에 나가 빨래를 널었다. 빨래를 널다가 바람에 옷자락이 심하게 날릴 때는 하던 일을 멈추고 가만히 서서 바람을 맞았다. 모든 것이 행운처럼 느껴졌다.

만약 수크레에서 리까르도를 만나지 않았다면 좀 더 시끌벅적한 사건을 만들고 다녔을지도 모르겠다. 하지만 작은 불빛을 보며, 뺨에 바람을 맞으며, 밥을 먹으며, 자주 눈물을 훔치며 우리의 마음은 점점 차분해지고 있었다. 운명 같았던 리까르도와의 만남과 내 집처럼 편안했던 2주간의 일상을 뒤로한 채 수크레를 떠나는 일은 그곳에 도착하기까지의 여정보다 훨씬 더 힘들었다. 아마 나도 모르는 사이 그 도시의 많은 것들에게 사랑을 주었기 때문일 것이다. 하지만 머무르지 않을 거라면 떠나야 하는 것이 여행이기에 우리는 그곳을 떠났다. 그 하얀 도시에서 따뜻하게 우리를 맞아주었던 리까르도를 뒤로 한 채 말이다.

BOLIVAR

Marineros

밴드 이름은 마리네로스(Marineros)야.
'항해하는, 뱃사람들'이라는 뜻을 갖고 있지.

301호 뮤지션

우리에게 익숙한 것이라고는 서로의 존재뿐이었다. 온종일 외국인들 사이에서 낯선 언어를 듣다 보니 내 옆에 익숙한 언어로 말해주는 이구름이 있다는 사실이 그저 감사했다. 때론 귓바퀴에서 언어가 되지 못하고 소리로 남는 외국어가 온종일 우리를 괴롭게 하기도 했다. 그럴 때 우리는 집에 머물렀다. 가끔은 아무런 소리가 들리지 않는 곳에서 차분하게 시간을 보내는 것도 나쁘지 않았다.

이구름과 나는 그 유명하다는 칠레 포도를 사이에 두고 자주 이야기를 나누었다. 하지만 우리의 이야기가 깊어지면 어김없이 어디선가 똑같은 노랫소리가 반복해서 들려왔다. 그 소리는 용케도 집 안에 들어와 세 시간이고 네 시간이고 우리 곁을 맴돌곤 했다. '이렇게 같은 음악이 온종일 반복되다니. 우리 집 주변에 정신이 조금 이상한 여자가 살고 있는 게 틀림없어. 머리를 풀어헤치고 빙글빙글 돌며 춤을 추고 있을지도 몰라.' 노래를 듣고 있자니 괜히 으스스한 기분이 들었던 우리는 마음속으로 제발 떠나달라 외쳤지만, 그 낯선 소리는 우리 곁을 쉽게 떠나지 않았다. 몇 주가 지나 그 소리에 익숙해졌을 무렵, 우리는 음악이 흘러나오는 근원지를 찾을 수 있었다. 그 소리가 탄생한 곳은 301호, 바로 우리가 지내는 아파트의 윗집이었다.

"잠깐만, 나 뭐라고 말해야 할지 생각 좀 해볼게." 초인종을 앞에 두고 망설이는 나에게 이구름이 "야, 언어가 뭐 별거냐. 문이 열리면 일단 그냥 웃어."라고 말하며 재빠르게 초인종을 눌렀다. 잠시 후 문이 열렸고 우리는 급히, 처음 보는 낯선 이들을 향해 활짝 웃었다. 그리고 이 집을 찾아온 이유에 대해 조심스럽게 설명했다. "너희 집에서 매일 같은 노래가 흘러나오는 이유가 궁금해서 이렇게 찾아오게 됐어." 그 집에는 단발머리의 콘스탄자Constanza와 허리까지 내려오는 긴 머리의 솔레다드Soledad 그리고 검은 고양이 올리비아Olivia가 함께 살고 있었다. 어디선가 안도의 한숨 소리가 작게 들려왔고, 비로소 그녀들의 얼굴에도 미소가 번졌다.

"시끄럽다고 항의하러 온 줄 알았어. 우리는 데뷔를 앞둔 밴드고, 한 달 후에 앨범 녹음이 있어서 연습 중이야. 이웃들이 시끄럽다고 자주 찾아오는데, 특히 윗집 할머니가 아주 지독해." 집 안 곳곳에는 악기가 많이 있었다. 덕분에 윗집 할머니가 301호의 문을 두드리는 날에 고양이가 숨을 곳 또한 많아 보였다. 한쪽에는 자전거가 놓여 있었고 텔레비전을 대신해서 작은 라디오가 자리 잡고 있었다. 집 안의 구조는 우리가 머무는 201호와 같았지만 301호는 어딘가 다른 구석이 있었다. 그녀들이 만들어 내는 노랫소리는 그냥 집안을 채우고 떠난 것이 아니라 곳곳에 어떤 흔적을 남겨 놓은 것 같았다.

"밴드 이름은 마리네로스Marineros야. '항해하는, 뱃사람들'이라는 뜻을 갖고 있지. 우리는 이곳에서 1년 동안 곡을 쓰면서 데뷔를 준비했어. 얼마 뒤에는 앨범도 낼 계획이야. 데뷔하기로 마음먹은 이유는 딱

한 가지야. 둘이 함께할 수 있는 일을 하고 싶었거든. 나는 밴드에서 피아노를 치고 곡을 쓰는 역할을 담당하고 있어. 콘스탄자는 원래 그림을 그렸지만, 그녀의 목소리가 예쁘다는 사실을 뒤늦게 깨닫고 우리 팀의 보컬이 되었지." 솔레다드는 피아노 의자에 앉아 말했다.

알고 보니 우리에게 으스스한 상상을 하게 했던 마리네로스의 노래는 사실 너무나 행복한 노래였다. 내 머릿속엔 어느새 머리를 풀어헤치고 춤추는 여자는 사라지고, 대신 상쾌한 아침 공기를 마시며 하루를 시작하는 사람들의 모습이 그려졌다. 경쾌한 멜로디 사이에 숨겨진 노랫말은 조금 외롭고 쓸쓸했지만, 그 노래를 듣고 슬퍼할 사람은 없을 것 같았다. 콘스탄자는 노래를 부를 때 고개를 들고 눈을 감았다. 그녀의 그런 모습을 보며 이제 막 항해를 시작한 젊은 선원의 모습을 떠올렸다.

"너희는 칠레에 왜 오게 되었니?" 긴 머리의 콘스탄자가 우리에게 물었다. 나는 잠시 생각하다가 웃으면서 대답했다. "우리도 그냥 여기저기 돌아다니면서 항해하는 중이야."

말할 수 없는 슬픔

땅이 축축한 어느 날 밤엔 솔레다드가 운전하는 차를 타고 레스토랑에 갔다. 레스토랑이라고 해봐야 고작 늙은 웨이터 두 명이 있는 작은 식당이었다. 친구의 친구까지 모여 7명이 된 우리는 왠지 모르게 기분이 좋아져 서로의 잔을 여러 번 부딪쳤다. 채식주의자였던 솔레다드와 그녀의 친구들은 아무도 고기를 먹지 않았다. 차 트렁크에서 간신히 빠져나온 덩치 큰 알바로Alvaro마저 작은 샌드위치 한 개를 주문했을 뿐이었다. 식사가 다 끝나갈 때가 되어서야 콘스탄자가 식당 문을 열고

들어왔다. 그녀는 무슨 일인지 반쯤 넋이 나간 상태였다.

콘스탄자는 콘서트 표를 잃어버렸다고 했다. 꼬박 한 달동안 아르바이트를 해서 번 돈으로 산 표였는데 집에 와보니 이미 빈손이었다는 것이다. 친구들이 어둡고 침울한 표정의 콘스탄자를 위로해주었지만, 그녀가 모레 더 큐어The Cure의 공연에 갈 수 없다는 사실만큼은 변하지 않았다. 온종일 잃어버린 표를 찾아 돌아다녔다는 그녀는 한숨을 푹푹 내쉬었다. 가여운 콘스탄자! 데뷔를 한 달 앞둔 밴드의 가난한 보

컬은 이렇게 말했다. “더 큐어의 음악을 실제로 듣는다면 좋은 가수가 될 수 있을 것 같았어.” 지금 이 순간, 레스토랑에서 갑자기 ‘더 큐어의 〈Play for Today〉가 흘러나온다면 모르는 척 다 같이 일어나 춤을 출 수 있을 텐데’라고 생각했다. 하지만 콘스탄자는 웨이터를 불러 맥주 한잔을 주문했을 뿐이었다.

“가족들은 모두 파리에 있어. 엄마는 프랑스 남자와 사랑에 빠져서 어린 동생을 데리고 파리로 떠났고, 나는 사정이 생겨서 함께 가지

VIC FIRTH
Roland

못했지." 불이 꺼진 자리처럼 차분해진 콘스탄자가 아무렇지 않은 얼굴로 말했다. 그리고 입꼬리에 힘을 주어 우리에게 한 번 웃어주었다. 나는 그녀가 어떤 사정으로 파리에 가지 못했는지 몹시 궁금했지만, 묻지 않고 가만히 있는 편이 낫겠다고 생각했다.

콘스탄자와 솔레다드, 그리고 이구름과 나. 이렇게 네 여자는 종종 서로의 집에 모여 건강한 음식을 만들어 먹고, 까만 식탁 위에서 젠가도 했다. 제일 먼저 윗집 할머니가 살고 있는 4층의 블럭을 꺼내 탑 꼭대기에 불안하게 올려놓는 유치한 장난도 했다. 우리가 만나지 않는 날엔 집으로 그녀들의 노랫소리가 들려왔으니 우리는 결코 멀어질 수 없었다. 301호에는 지금도 노래가 흐른다. 노래할 때만큼은 그녀들이 항해하는 기분에 휩싸였으면 한다. 만약 그렇게 된다면 그땐 정말 어디든 갈 수 있을지도 모르니까.

"바라고 있어요. 항구에 도착해 단단한 땅을 밟게 될 날을 기다리는 어느 배 위의 선원처럼 — Marineros의 첫 싱글앨범에 수록된 곡 〈Espero〉 중 — ."

****

6

****

스쳐 지나간 사람

"오후엔 커피를 마시고 텔레비전에서 대통령 연설을 보다가 깜빡 잠이 들곤 했어.
난 정말 잠깐 잔 것 같았는데 잠에서 깨어나면 시간은 이미 저만치 흘러가 있더라고.
이쪽에 있던 내 그림자가 저쪽으로 움직여 있었거든. 몇 년간을 매일 그렇게 보냈지.
그런데 손주들이 학교에 입학한 후부터 내 생활이 완전히 바뀌었어.
오늘처럼 학교가 끝날 시간에 맞춰 아이들을 데리러 나오게 됐지.
어때, 이 정도면 노인의 오후도 꽤 쓸만하지?"

두 아이의 할아버지, 볼리비아

"이 계단을 올라가고 내려가기를 30차례나 반복했어. 5년 동안 단 한 번도
이 일을 빼먹은 적이 없지. 이 모든 일은 단 하루를 위한 거야.
이런 훈련을 일 년쯤 하고 나면 허벅지가 돌처럼 단단해지게 되고,
그 다리로 경기에서 멋진 킥을 쏠 수 있게 되지.
여기저기에서 카메라 플래시가 터지는 그런 순간이 찾아오는 거야."

킥복싱선수, 볼리비아

"나는 늦은 밤부터 새벽까지 이 호스텔을 지키고 있어. 사실 그 시간엔 손님이 별로 없어서 할 일이 많진 않아. 하지만 새벽에 혼자 있으면 주변이 너무 고요해서 마치 빈집에 갇힌 것 같은 기분이 들 때가 있어. 그런 날은 방에 있는 사람들의 코 고는 소리조차 들리지 않는다니까. 그럴 때 나는 소리를 내지 않으면서 기타를 치곤 해. 아무도 듣지 못하지만 노래를 부르지. 이렇게 말이야."

게스트하우스 직원, 볼리비아

"우리는 이기러 갑니다. 음악은 언제나 승자예요."

라파즈 군악대, 볼리비아

"저는 이 동네 사람들이 가지고 오는 물건을 고쳐주는 일을 해요. 그 중엔 특히 신발이 많죠. 거친 땅을 밟으면 신발 바닥이 쉽게 마모되거든요. 고무나 가죽처럼 질긴 것들도 결국엔 닳아버리니까요. 하지만 어떤 길을 다니는지보다 더 큰 문제는 각자가 가진 걸음걸이예요."

수선집 아저씨, 볼리비아

"우리는 버스에 오래 있었어요. 아주 먼 곳으로 가는 중이거든요. 네, 많이 지쳤지요. 하지만 이렇게 오랫동안 서로 안고 있는 순간이 앞으로 몇 번이나 더 있을까요."

아기 아빠, 볼리비아

"이 봐. 꼬맹이들. 집에 가서 새똥 맞았다고 울상 짓지 말고
어서 저쪽으로 멀리 떨어져!"

페인트공, 볼리비아

"이쪽으로 쭉 가세요. 그러면 이 섬의 끝이 나와요."

태양의 섬(Isla del Sol)에 사는 아이들, 볼리비아

"오늘은 비가 와서 그런지 손님이 없어요. 이렇게 온종일 음식에 앉은 파리를 잡다 보니
신경질이 나네요. 이 음식은 내 아이의 공책이 되고 신발이 되어야 하는데
고작 파리의 밥이 되고 있으니 말이에요."

수크레 중앙시장의 음식점 아주머니, 볼리비아

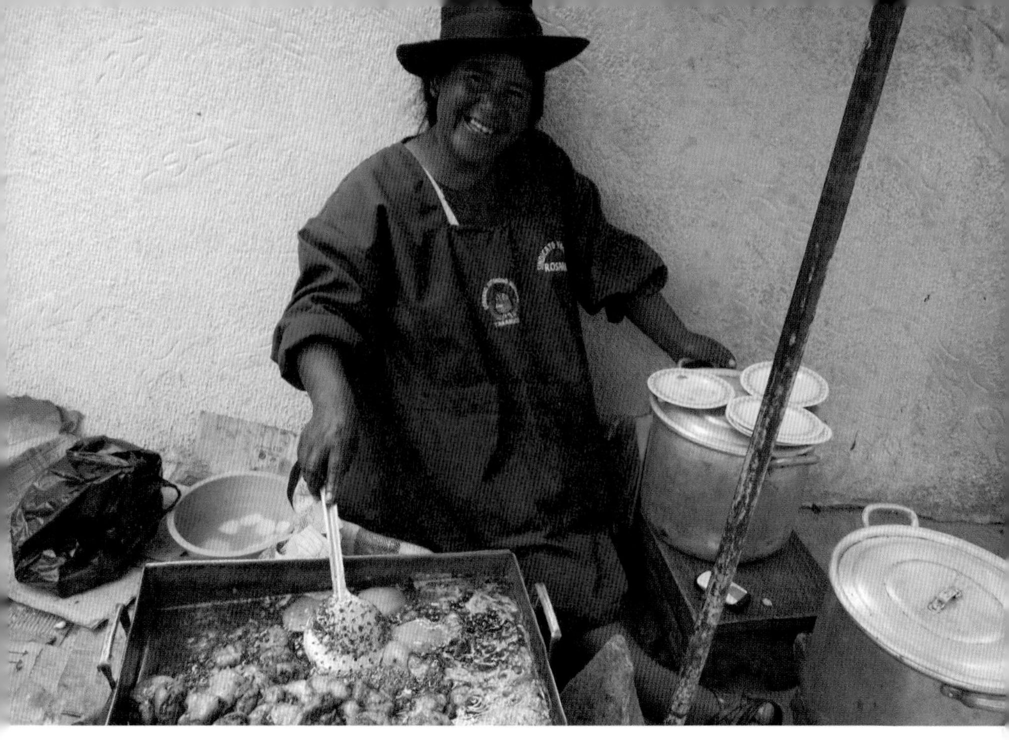

"너희는 어디에서 왔길래 내가 만든 음식을 그리도 맛있게 먹는 거니? 저녁때 또 오렴. 근데 그게 병아리 고기인 줄은 알고 있는 거지?"

타라부코 일요시장(Tarabuco Sunday Market)의 노점상 아주머니, 볼리비아

"아직 빈방이 없으니 손님이 나갈 때까지 기다려주세요. 지금이 6시니까 4시간 정도만 기다리면 될 거예요. 참, 2층에 묵고 있는 손님 중에 일본인이 한 명 있어요. 여기에 묵은 지 벌써 4개월이 다 되어가죠.
그런데 무슨 이유에서인지 그는 좀처럼 밖에 나가지 않고 온종일 혼자 식탁에 앉아 그림만 그려요. 피부도 옷도 하얀 사람이 지나가면 인사해보세요.
그가 말하는 모습을 보고 싶으니까요. 당신들은 모두 같은 언어를 쓰죠?"

게스트하우스 주인, 볼리비아

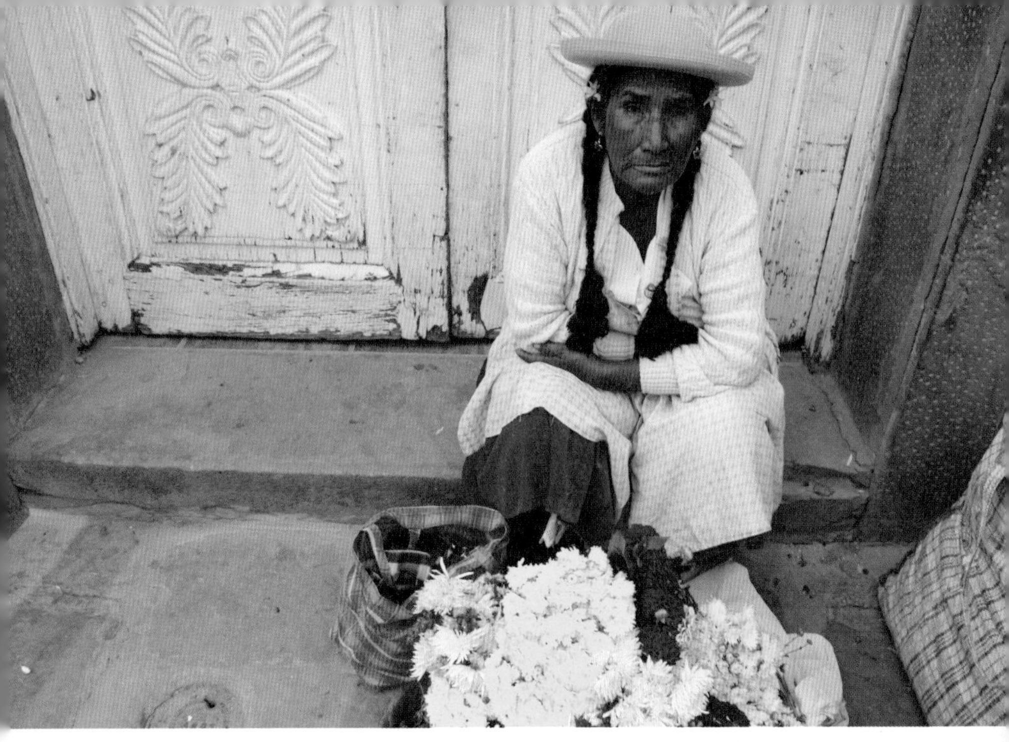

"어떤 꽃을 드릴까요? 세상에 예쁘지 않은 꽃이란 없지요. 꽃들에겐 지금이 그러한 시절이거든요. 아, 그리고 집에 가자마자 꽃을 물에 꼭 담가 놓으셔야 해요. 안 그러면 금방 시들어버리거든요. 그건 정말 한순간이에요."

꽃을 파는 할머니, 볼리비아

"우리는 주로 거리에서 공연을 해요. 지금은 우리 같은 악단이 많이 사라졌지만,
여전히 거리에는 악사들이 연주하는 음악이 흐르고 있어 다행이라고 생각하죠.
내일이면 가족이 있는 북쪽으로 돌아갈 거예요. 매일같이 새로운 장소에서
공연하는 일이 즐겁긴 하지만, 이제는 익숙한 것들이 더 좋더군요.
음식, 친구, 악기. 이 세 가지가 특히 그렇죠."

유랑 악단, 아르헨티나

“젊었을 땐 왜 그렇게 예쁜 것들이 가지고 싶었는지 몰라요.
이것들은 내가 오랜 세월에 걸쳐 사 모은 것들이에요. 물론 이 중엔 어렸을 때 만난 애인에게 선물 받은 것도 있어요. 아직도 기억이 나네요.
저 진주 목걸이를 내 목에 걸어주었던 남자는 정말 멋있었죠.”

산텔모 일요시장(San Telmo Sunday Market)에서 액세서리를 파는 아주머니, 아르헨티나

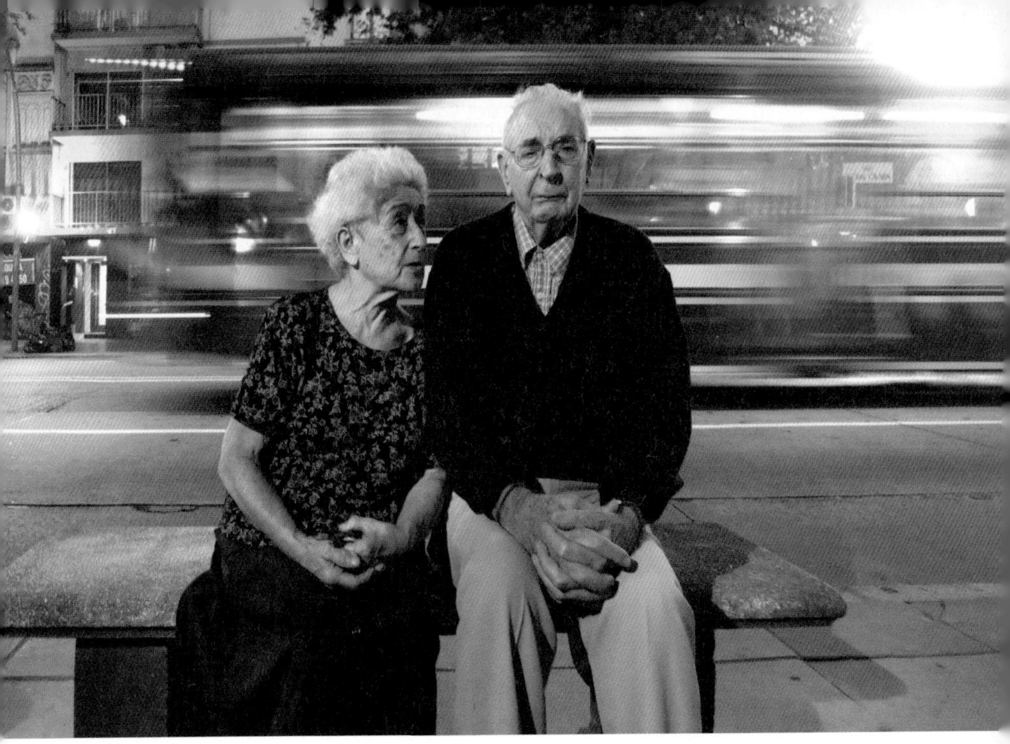

"우리는 53년 동안 사랑했소."

노부부, 아르헨티나

"어떤 포도를 드릴까요. 씨가 있는 것과 씨가 없는 것이 있는데 골라보세요.
씨를 품은 것은 어두운색이고 다른 하나는 이렇게 푸른색이죠."

과일가게 종업원, 아르헨티나

"오래된 물건을 수집하는 것이 내 일이에요. 시간을 잘 머금은 것들은 지금 보아도 전혀 초라하지 않죠. 최근에 만들어진 것들이 흉내낼 수 없는 힘을 가지고 있거든요. 그건 내 할아버지가 일기예보를 보지 않고 날씨를 정확하게 예측하는 것처럼 참 신비로운 일이지요."

수집가, 아르헨티나

"지금 무슨 책을 읽고 있느냐고요? 모처럼 아버지 댁에 갔다가 책장에서 발견한 책이요.
이 책은 내가 태어나기도 전에 세상에 나왔죠. 여기 보면 중간중간 종이가 찢겨 있는데,
어떤 부분은 아예 통째로 찢겨 있어서 이야기를 스스로 상상해 내야만 해요.
그게 이 책의 가장 흥미로운 점이죠."

책을 읽는 청년, 아르헨티나

"오랫동안 주방장으로 일했어요. 딱 이 정도 크기의 주방이었지요.
나는 그곳에서 몸에 묻은 밀가루조차 털어 낼 새 없이 바쁘게 일했어요.
그러던 어느 날 머리카락에 묻은 밀가루를 털어내려는데
떨어지지 않더군요. 보세요. 그 때 이후로 여전히 흰 머리카락이죠."

산텔모 일요시장에서 골동품을 판매하는 아저씨, 아르헨티나

“저는 6살이에요. 이제 더 이상 아기가 아니지만, 지금은 그냥 안아주세요.”

산티아고에서 온 여자아이, 아르헨티나

"나사가 빠진 사람은 비틀거리며 걷기도 하고, 이상한 말을 하기도 하지. 내 친구 중에도 그런 이가 여럿 있어. 젊은 시절엔 나도 그랬었지. 그땐 중요한 것을 손에서 놓쳐서 여러 번 떨어뜨리곤 했어. 하지만 이제는 그렇지 않아. 두 손에 아주 꼭 쥐고 있으니까. 지금은 오히려 나사가 빠진 친구들이 나를 찾아오면 이걸로 그들의 정신을 조여주곤 해. 이렇게 말이야."

초리소(Chorizo)를 만드는 아저씨, 아르헨티나

"누군가를 기다리고 있어요. 하지만 내게 누구를 기다리느냐고 물어보면 대답할 수 없어요. 아직 그를 만나본 적이 없거든요. 우린 약속을 하지 않았고 무엇보다도 나는 그가 누구인지 모르니 그가 이 길을 천천히 지나간다 해도 알아볼 수 없을 거예요. 결국엔 만날 수 없을지도 모르죠. 하지만 그를 기다리고 있는 동안의 설렘만으로 충분해요. 그거면 돼요."

일요일에 만난 청년, 아르헨티나

"어제 누군가 나에게 젊었을 때 무슨 일을 했었는지 물어보더라고. 그래서 내가 그랬지. "나는 태어날 때부터 지금까지 화가요." 그랬더니 그 사람이, 어떻게 여든이 다 된 늙은이가 그림을 그릴 수 있느냐는 거야. 사람들은 모르는데 사실 나는 그림을 그릴 때면 젊은이가 돼. 그 순간만큼은 어디선가 예쁜 여자들이 쑥스럽게 다가와 내 이름을 물어볼 것만 같아."

화가, 아르헨티나

"여자들은 머리카락과 웃음을 흘리고 다니지. 그래서 이 호스텔에는 여자를 들일 수가 없어. 내가 기르는 식물들도 여자와 아주 비슷하지. 자주 바라봐주길 원하고 밖에 나가 햇빛을 쬐고 싶어 하거든. 항상 무언가를 바란다니까.
아무튼 오늘 너희에게 줄 방이 없으니 다른 데 찾아보라고."

게스트하우스 주인, 아르헨티나

"괜찮아. 불을 켜지 않아도 돼. 오히려 어두운 편이 낫지.
주변이 차분해지면 내 친구가 하는 말에 더 집중할 수 있거든."

브라질에서 온 대학생, 아르헨티나

"몇십 년 전 우리는 이 문 앞에서 두 손을 가슴 앞에 모으고, 고개를 숙인 채 눈을 감았습니다. 그리고 이렇게 맹세했어요. '우리는 언제까지나 서로를 사랑할 것입니다'라고. 그날엔 소란스럽던 비둘기도 주변에 모여들지 않았고, 바람이 불어도 나무가 흔들리지 않았어요. 진실 앞에선 모든 것이 고요해지더군요."

중년부부, 페루

"잉카인은 화려한 장신구를 사랑했어요. 그리고 그런 잉카인을 사랑한 프랑스 여자는 그들에게서 영감을 받아 액세서리를 만들었어요. 바로 그녀가 제 친구이자 이 가게 주인이에요. 그 친구는 프랑스로 돌아가지 않았어요. 어느 페루남자와 사랑에 빠져 이곳에 살고 있죠."

액세서리 디자이너, 페루

"나의 과거도, 현재도, 미래도 모두 이곳에 있어요. 시간은 어떤 한 부분만 잘라내거나 사라지게 할 수 없죠. 모든 것이 연결된 하나의 생명이니까요. 그리고 시간은 일정한 방향을 가지고 있어서 정직하게 과거에서 미래로만 흘러요. 전에는 그것을 몰랐죠. 시간을 돌이키고 싶어 열심히 뒤로 걸어 보았지만, 고작 풍경들만 움직이더군요."

여행가, 페루

"믿기지 않겠지만 공기도 꽤 무거워."

풍선을 파는 아저씨, 칠레

"제가 만든 물건은 잘 팔리지 않을 거예요. 집에 갈 땐 이곳에 올 때와 마찬가지로 가방이 무겁겠죠. 하지만 괜찮아요. 내 작업은 남을 위한 것이 아니니까요. 만들면서 즐거웠다면 그걸로 된 거 아닌가요?"

액세서리 디자이너, 칠레

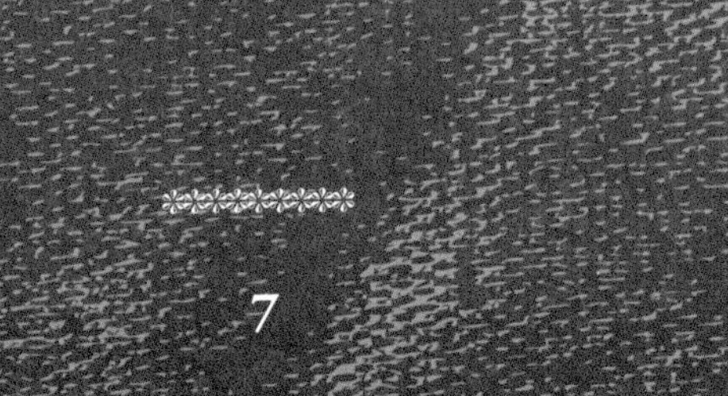
7

스쳐 지나간 풍경

볼리비아인들은 야마(llama)로부터 털과 가죽, 그리고 고기를 얻지만 우유는 얻지 못한다고 한다.

태양의 섬, 볼리비아

세계유산으로 지정된 수크레 마을은 매년 주기적으로 벽을 하얗게 칠한다고 한다.

수크레, 볼리비아

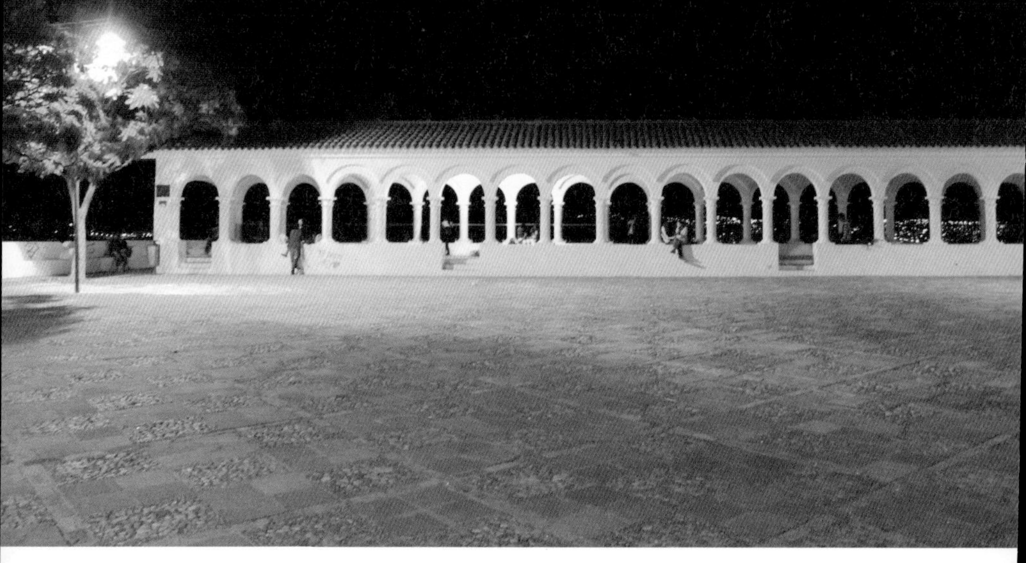

두 사람의 그림자가 하나로 변하는 신기한 장소.

레콜레타 전망대(Mirador de la Recoleta), 수크레, 볼리비아

일요일이 되면 멀리 떨어져 지내던 이웃마을 사람들이
한 자리에서 만나 이야기를 나눈다.

타라부코 일요시장, 볼리비아

오래 보관해도 될 것 같은, 화려한 케이크를 판매하는
수크레식 베이커리.

수크레 중앙시장, 볼리비아

1달러의 행복. 기호에 맞게 과일을 고르면
맛있는 프라페를 만들어주는 카페.

수크레 중앙시장, 볼리비아

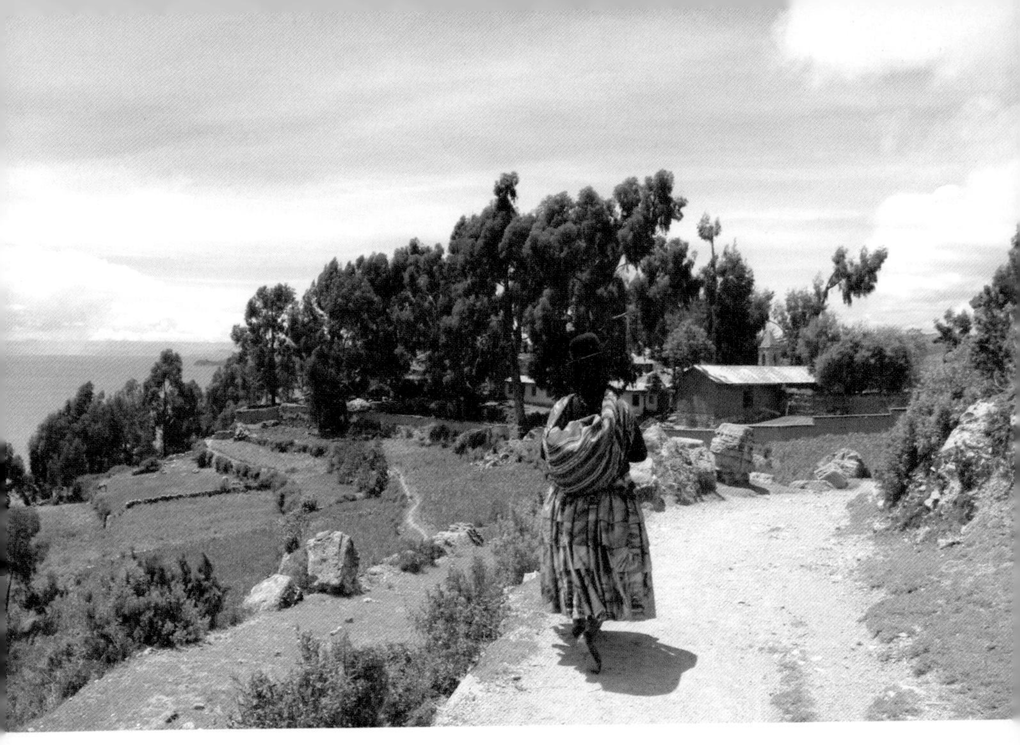

그녀들은 사진을 찍히는 것을 두려워한다.

태양의 섬, 볼리비아

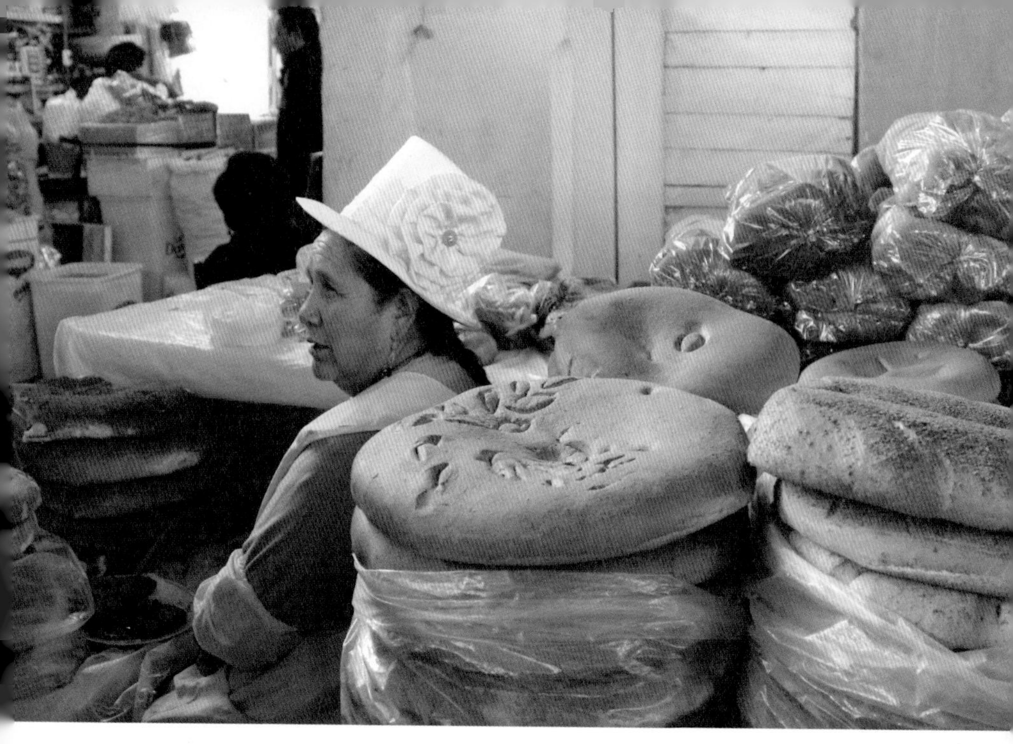

방석같이 거대한 빵은 가난한 여행자의 발걸음을 멈추게 한다.

쿠스코(Cusco), 페루

각기 다른 모자의 모양을 보고 이 사람들이 서로 다른 마을에서 왔다는 사실을 알 수 있다.

쿠스코, 페루

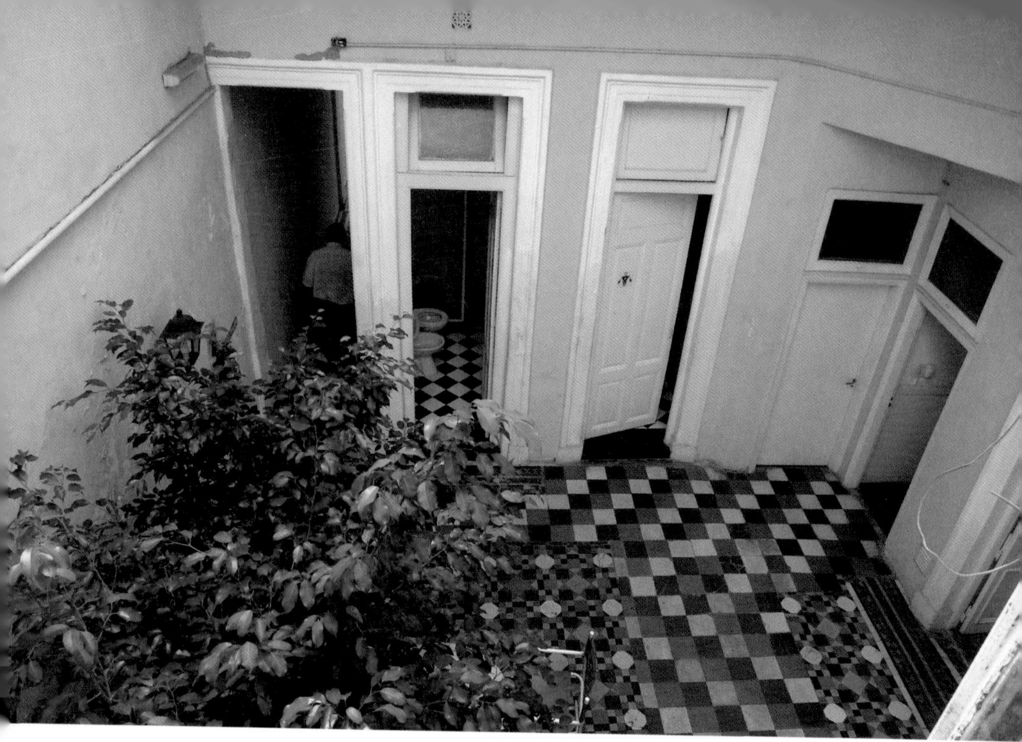

1912년에 지어진 프랑스식 게스트하우스. 이곳의 창문, 계단, 수도꼭지는 그 어느 것 하나 과거에서 오지 않은 것이 없다.

리퍼블리카 산텔모(Republica San Telmo), 부에노스아이레스, 아르헨티나

남자: 입으로('boca'는 입이라는 뜻이고, 'la boca'는 이 지역의 이름이다) 가려면 어느 버스를 타야 하나요?
여자: 53번이요. 하지만 때로는 그쪽으로 안 가요.

라보카(La Boca), 부에노스아이레스, 아르헨티나

태양의 섬에 사는 원주민들은 태양이 이곳에서 태어났다고 믿고 있다.
그래서 그들은 아직도 그 전설을 믿으며 태양을 향해 집을 짓고 사는 것처럼 보였다.

태양의 섬, 볼리비아

댄서들의 숨소리가 들릴 정도로 아주 작은 탱고 바.

바 수르(Bar Sur), 부에노스아이레스, 아르헨티나

뜨거운 더위에 지친 야마가 발을 숨긴 채
짧은 그림자 뒤에 숨어있다.

카파야테(Cafayate), 아르헨티나

마추픽추에 가기 위해 잠시 들른 오얀타이탐보(Ollantaytambo).
표지판이 "소매치기를 조심해"라고 말하는 것 같다.

오얀타이탐보, 페루

일요일이 되면 산텔모의 거리는 할머니부터 외국인 여행자에 이르기까지 다양한 사람들이 들고 나온, 저마다의 추억이 담긴 물건들로 가득 찬다.

산텔모 일요시장, 부에노스아이레스, 아르헨티나

당나귀는 이 동네의 유일한 운송수단이다.

태양의 섬, 볼리비아

화장실(baño)을 사용하기 위해서는 1볼리비아노를 내야 한다.
그러면 관리인이 곱게 접은 화장지를 준다.

코파카바나(Copacabana), 볼리비아

먹으면 먹을수록 비렸던 민물 생선, 뜨루챠(Trucha).

코파카바나, 볼리비아

돼지고기로 만든 아르헨티나식 소시지, 초리소.

산텔모, 부에노스아이레스, 아르헨티나

이 세상을 떠난 뒤에도 나를 찾아줄, 누군가를 맞이할 문.

레콜레타, 부에노스아이레스, 아르헨티나

도시 한복판에 위치한, 죽은 자들의 마을.
이곳에서는 또 다른 삶의 시간이 흐르고 있는 것 같다.

레콜레타, 부에노스아이레스, 아르헨티나

언제나 여행객들로 북적이는 아르마스 광장(Plaza de Armas).
길을 물으면 현지인들은 언제나 이곳을 중심으로 설명해 준다.

아르마스 광장, 쿠스코, 페루

살타(Salta)에서 182km 정도 떨어진 곳에는
세월의 흔적을 그대로 간직한 계곡과 절벽이 남아있다.

카파야테, 아르헨티나

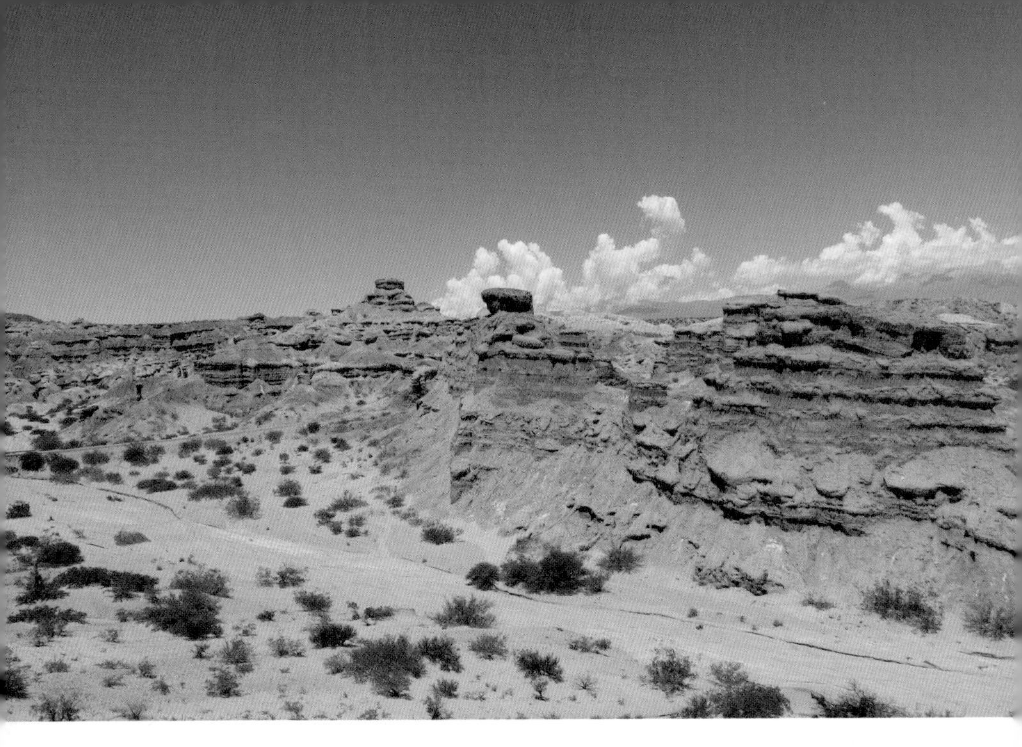

붉은 협곡으로 이루어진 이곳은 '작은 그랜드캐니언(Grand Canyon)'이라고도 불린다.

카파야테, 아르헨티나

매일매일 등산하는 기분으로 걸었던 세계에서 가장 높은 수도, 라파즈.

라파즈, 볼리비아

길거리에서 파는 음식은 어느 나라나 맛있나 보다.

타리하(Tarija), 볼리비아

부엉이를 닮은 원장님이 운영하는 이 스페인어 학원에서는 영어로 1:1 수업이 진행된다.

수크레 스패니쉬 레슨스(Sucre Spanish Lessons), 수크레, 볼리비아

아르헨티나인들의 마음속에 영원히 살아있는 여성, 에비타(Evita).

부에노스아이레스, 아르헨티나

샌들을 신은 여행객에게도 "구두 닦을래?"라고 물어보는 사람들.

타리하, 볼리비아

Appendix

나라별 여행 정보

PM Open Air Music

부에노스아이레스에서는 토요일 오후 3시가 되면 그야말로 핫한 파티가 벌어진다. 남미의 열정만큼이나 뜨거운 햇살 아래, 흥겨운 음악에 몸을 맡기는 건 어떨까? 이 도시에서 가장 잘나가는 패션 피플들을 만나볼 수 있는 건 덤! 이날 만큼은 초라한 여행자의 복장에서 벗어나 스타일 있게 꾸미길 권한다. 무조건 드레스 업 하기보다는 꾸민 듯 안 꾸민 듯 자신만의 개성 있는 스타일로 준비한다면 문제없다.

주소 Av Costanera Norte & Sarmiento, Buenos Aires, Argentina **전화** +54-9-11-3471-5550 **운영시간** 토요일 15:00~23:00(12월~4월) **입장료** 무료(18:00 이전), 60페소(18:00 이후) **특이사항** 18세 이상만 입장 가능 **웹페이지** facebook.com/PmOpenAir

San Telmo Sunday Market

세계 10대 벼룩시장이라 불리는 이곳에는 매주 일요일이 되면 고풍스러운 건물들 사이로 엄청난 규모의 시장이 펼쳐진다. 앤티크한 인테리어 소품부터 술병, 가죽제품, 기발한 핸드메이드 상품까지 다양한 제품을 판매하고 있어 시간 가는 줄 모르고 구경하게 되는 곳이다. 거리에서는 인디밴드의 공연과 탱고 쇼가 펼쳐져 평일과는 사뭇 다른 분위기를 풍긴다. 산텔모는 예전엔 부유한 이민자들이 많이 살았지만, 시대가 바뀌면서 이제는 그 흔적만 남은 곳이다. 이곳에서 물건도 구경하고 현지 상인들과 수다도 떨며 여유로운 일요일을 보내는 건 어떨까? 친구들에게 줄 독특한 여행선물을 찾고 있었다면 산텔모 일요시장만 한 곳도 없을 것이다.

주소 Plaza Dorrego, Buenos Aires, Argentina **운영시간** 일요일 10:00~17:00

Republica San Telmo

리퍼블리카 산텔모는 우리가 산텔모에서 찾은 오아시스 같은 숙소이다. 1912년에 만들어진 프랑스 스타일의 게스트 하우스로, '보헤미안의 동네'라 불리는 이곳에 너무나도 잘 어울리는 공간이다. 객실은 앤티크한 느낌의 장롱과 빈티지한 침대, 그리고 발코니를 두루 갖추고 있다. 일층 테라스에서 그림 그리는 아주머니를 볼 수 있으며, 이층 거실에서 들리는 기분 좋은 기타 소리에 평화로운 시간을 보낼 수 있을 것이다. 중심부로 15분 이내에 이동이 가능하고, 가까운 곳에는 마트와 시장까지 있어 음식재료를 사기에도 편리하다.

주소 Chacabuco 1163, Buenos Aires, Argentina **체크인** 11:30 **체크아웃** 10:30 **숙박비** 싱글룸 40달러, 트윈룸 45달러, 더블룸 45달러, 더블 엔스위트룸 60달러 **전화** +54-9-11-6880-4338 **웹페이지** republicasantelmo.com.ar

Mundo Beat

6~70년대 감성의 빈티지 물건을 판매하는 상점이다. 레코드플레이어부터 주방용품, 시계, 전화기 등 국내에서 구하기 힘들었던 다양한 소품을 부담스럽지 않은 가격에 구입할 수 있다. 큰 코에 하얀 수염이 듬성듬성 난 주인아저씨의 스타일만 봐도 어느 물건 하나 이유 없이 놓여 있는 것이 없을 것 같은 느낌이 든다.

주소 Estados Unidos 468 Local 142, Mercado de San Telmo, Argentina **운영시간** 11:00~19:00
웹페이지 mundobeat2011.blogspot.com

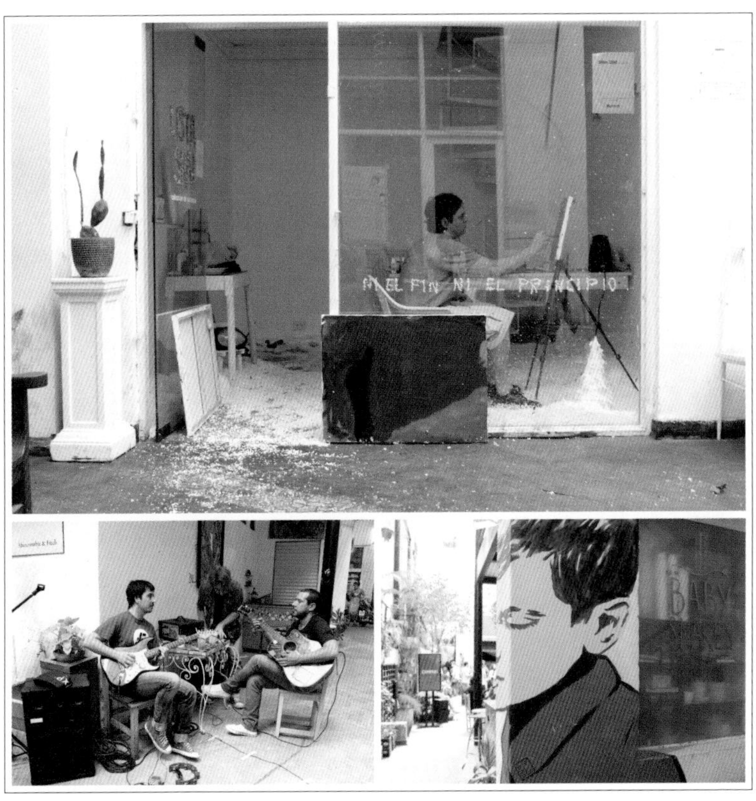

Galeria Patio del Liceo

1800년대 영국의 침략으로 희생된 이들이 잠들어있는 곳이다. 현재는 예술가, 음악가, 재봉사, 디자이너를 위한 공간으로 변신했다. 1층에는 예술전문서점과 옷가게, 카페, 화원 등이 자리 잡고 있으며, 때로는 이곳에서 워크숍, 세미나와 같은 다양한 이벤트가 이루어지기도 한다. 예술가들의 작업실로도 사용되고 있는 2층에서는 벤치에 앉아 그들의 작업과정을 지켜볼 수 있다. 페이스북에서 미리 이벤트 일정을 확인하고 방문한다면 여행 기간에 좀 더 기억에 남는 추억을 만들 수 있을 것이다.

주소 Av Santa Fe 2792. 1425 Buenos Aires, Argentina **운영시간** 14:00~20:00(일요일 휴무)
웹페이지 galeriapatiodelliceo.com

Bar Sur

산텔모의 구석에 위치한 작은 탱고 바인 이곳은 영화 <해피투게더>에서 양조위가 일하는 장소로 나왔던 곳이다. 테이블이 5~6개 정도 들어가는 아늑한 공간에서 나만의 탱고를 관람할 수 있으며, 특히 평일에 방문하면 혼자서 공연을 관람하는 일이 생길지도 모른다. 47년의 전통을 가진 바 수르는 지배인도, 콘트라베이스를 연주하는 할아버지도 세월의 흔적을 느끼게 해준다. 댄서의 숨소리마저 들릴 듯한 거리에서 와인 한 잔으로 낭만적인 시간을 보내기에 이만한 곳이 없다. 현장판매티켓은 가격이 비싸니 미리 할인티켓부스(Lavalle 835, Cartelera)에서 티켓을 구입하는 것을 추천한다.

주소 Estados Unidos 299, Buenos Aires, Argentina **전화** +54-11-4362-6086 **운영시간** 20:30~10:30(일요일 제외) **티켓** 240페소(현장티켓), 70페소(예매할인티켓) **웹페이지** bar-sur.com.ar

Photographed by 김동근

Glaciar Perito Moreno

뜨거운 남미여행에 지쳐있다면 유네스코 세계자연유산으로 등재된 거대한 빙하를 보러 가는 것은 어떨까? 인간이 접근할 수 있는 빙하 중 가장 아름다운 빙하라 불리는 페리토 모레노 빙하에서는 빙하 위를 걷거나, 배를 타거나, 전망대에서 경치를 바라보는 등 다양한 방법으로 빙하를 즐길 수 있다. 빙하의 전체면적은 부에노스아이레스 시의 면적과 맞먹을 정도로 어마어마하다. 마지막에 빙하를 깨서 직접 잔에 담아 마시는 위스키 한 잔은 여행의 피로도 한결 풀어줄 것이다.

주소 Los Glaciares National Park, Santa Cruz Province, Argentina **운영시간** 월~금요일 08:00-19:00, 주말 10:00-20:00 **입장료** 130페소 **빅 아이스 트레킹** 1200페소 **미니 트레킹** 960페소

El Atenoe

세상에서 가장 아름다운 서점으로 손꼽히는 엘 아테네오는 1903년에 지어진 오페라 극장이 2000년대에 서점으로 탈바꿈한 곳이다. 무려 100년이 넘는 역사를 간직한 이곳에 들어서게 되면 웅장한 모습에 가슴이 벅차오를 것이다. 한때 무대와 관객석이 있던 공간은 현재 방문객들이 책을 볼 수 있는 휴게공간으로 사용되고 있다. 다양한 종류의 서적 중에서 표지만 보고 책을 구입해보는 것도 즐거운 추억이 될 것이다.

주소 Av Callao, Buenos Aires, Argentina **전화** +54-11-4813-6052 **운영시간** 월~토요일 09:00~20:00, 일요일 11:00~18:00

Iguazu Falls

아르헨티나와 브라질 국경에 위치한 이구아수 폭포는 자연이 만들어낸 환상적인 광경을 볼 수 있는 곳이다. '큰물'이라는 뜻을 가진 이곳에는 크고 작은 폭포가 무려 275개나 있다. 좀 더 가까이에서 폭포를 느끼고 싶다면 래프팅 체험도 가능하다. 단, 햇볕이 매우 강하니 선크림과 모자는 꼭 챙길 것! 아르헨티나를 여행할 계획이라면 반드시 들러보아야 필수 관광지이다.

운영시간 08:00~18:00(4월~9월), 07:30~18:30(10월~3월) **입장료** 170페소 **보트투어** 180페소

Isla del Sol

오래전 지각변동으로 인해 태평양의 일부가 솟아오르면서 현재 티티카카 호수가 되었다고 한다. 이곳에 있는 태양의 섬으로 이동하기 위해서는 코파카바나라는 작은 마을에서 1박을 해야 한다. 해발 3,810m에 위치해 있어 고산증이 생길 우려가 있으니 코카차를 자주 마시거나 코카잎을 씹는 것이 좋다. 오전 8시 30분과 오후 1시 30분에 코파카바나 선착장으로 들어오는 배를 타고 태양의 섬 남쪽 선착장까지 2시간이면 갈 수 있다. 태양의 섬 트래킹은 생각보다 굉장한 체력을 요하기 때문에 마음의 준비를 단단히 해두는 것이 좋다.

교통비 20볼리비아노(편도) **태양의 섬 입장료** 5볼리비아노

Tarabuco Sunday Market

해발 3,200m에 위치한 타라부코는 수크레에서 버스로 2시간이면 갈 수 있다. 일요일마다 전통시장이 열리는 이곳에서는 각 마을의 현지인들이 직접 만든 형형색색의 수공예품을 만날 수 있다. 일반시장처럼 세련되진 않지만 전형적인 전통시장의 분위기를 느낄 수 있으며, 알파카로 만든 스웨터나 카펫, 작은 동전 지갑 등을 구입할 수 있다. 가격 흥정도 가능하니 시장에 가기 전 몇 가지 회화 —"너무 비싸요(Muy caro)," "좀 싸게 해주세요(Mas barato, por favor)"—를 공부하고 가는 것이 좋다.

가는 방법 '5월 25일 광장(Plaza 25 de Mayo)'에서 08:30 출발 버스 이용(수크레로 돌아오는 버스는 13:30에 타라부코 출발) **소요시간** 1시간 30분 **교통비** 35볼리비아노

Markets in Sucre

수크레에는 대표적인 3개의 시장이 있다. 메르카도 센트럴(Mercado Central)은 단돈 1달러로 과일 프라페를 먹을 수 있는 곳이며, 메르카도 캄페시노(Mercado Campesino)는 수크레에서 가장 큰 시장으로 구제 옷과 가죽 신발, 그리고 신기한 물건을 판매한다. 끝으로 메르카도 네그로(Mercado Negro)는 볼리비아의 신상 옷을 판매하는 곳으로 우리나라의 패션 1번지인 동대문과 비슷하다.

| **메르카도 센트럴** | **가는 방법** 메트로 Puente Cal y Canto역에서 내려서 도보 5분 **운영시간** 05:00~17:00(월~목요일), 05:00~19:00(금~토요일), 05:00~18:00(일요일) **웹페이지** mercadocentral.cl
| **메르카도 캄페시노** | **운영시간** 06:00~18:00 | **메르카도 네그로** | **운영시간** 06:00~18:00

Sucre Spanish School

스페인어를 구사하지 못하는 여행객이라면 단 1주일이라도 현지어학원에서 스페인어를 배우고 여행하는 것을 추천한다. 그 나라의 언어를 알고 여행하는 것과 그렇지 않은 것에는 큰 차이가 있기 때문이다. 특히 수크레 스페인어 학교는 언어 수업뿐만 아니라 볼리비아의 음식 만들기, 포토시(Potosí) 주말여행 등 다양한 문화프로그램도 함께 진행하고 있다. 1:1 혹은 그룹으로 수업이 이루어지며, 남미의 다른 국가에 비해 수업료가 저렴한 편이다. 학원 웹페이지에서는 원하는 수업 시간과 수업 일수 등을 선택해 미리 예산을 짜볼 수도 있다.

주소 Calle Calvo #350 Sucre, Bolivia **전화** +591-4-643-6727 **수업료** 시간당 4.50달러(그룹), 시간당 6.50달러(개인) **수업시간** 08:30~18:30(점심시간 12:30~14:30) **웹페이지** sucrespanishschool.com

Mirador de la Recoleta

레콜레타 전망대에서는 백색의 아름다운 도시, 수크레의 전경을 볼 수 있다. 작은 마을이라 걸어 올라가도 괜찮지만 1인당 4볼리비아노(약 600원)의 요금을 내고 택시를 이용하는 방법도 있다. 시간적 여유가 된다면 오후 4시쯤 올라가 낮과 밤의 모습을 모두 보고 내려오는 것을 추천한다.

주소 Ciudad Sucre, Chuquisaca, Bolivia

Photographed by 이찬영

Mirador Killi Killi

낄리낄리 전망대는 해발 3,660m에서 라파즈의 야경을 한눈에 볼 수 있는 곳이다. 현지인들도 가장 많이 추천하는 곳으로, 해가 지기 전에 도착해 멀리 보이는 '달의 계곡(Valle de la Luna)'과 라파즈의 산꼭대기까지 이어진 집들을 구경해보길 바란다. 무리요 광장(Plaza Murillo)에서 전망대까지 10볼리비아노(약 1,600원)밖에 들지 않으니 택시를 타고 이동하는 것도 괜찮은 방법이다.

주소 Av La Bandera, La Paz, Bolivia **입장료** 무료

Salar de Uyuni

서울의 약 20배에 해당하는 거대한 규모를 자랑하는 우유니 소금사막은 약 2만 년 전 기후변화로 인해 만들어졌다. 수면에 비친 푸른 하늘의 모습이 보고 싶다면 우기(12월~3월)에 방문하는 것이 좋다. 자신이 체험하고 싶은 투어 프로그램을 골라서 미리 예약해두거나, 당일에 여행사 앞에서 여행객들을 모아 그룹 투어를 신청하면 된다. 단, 투어를 신청하기 전에 개인 장화와 점심은 제공해주는지, 영어 구사가 가능한 가이드가 동행하는지 반드시 확인할 것!

| **데이 투어** | **시간** 10:30~20:00 **가격** 160~180볼리비아노 | **선셋 투어** | **시간** 15:00~20:00 **가격** 7인 그룹 기준 1인 115볼리비아노 | **선라이즈 투어** | **시간** 03:00~08:00 **가격** 7인 그룹 기준 1인 130볼리비아노
| **칠레-우유니 투어** | **일정** 2박 3일 **가격** 780볼리비아노(우유니 입장료 150볼리비아노 별도)

Moray

해발 3,400m에 위치한 모라이는 거대한 동심원 형태의 지역으로 잉카인들의 농작물 실험 재배지로 사용된 곳이다. 어마어마한 규모와 컴퍼스로 그린 듯한 정확함, 그리고 과학적인 설계에서 잉카인들의 지혜를 엿볼 수 있다. 동심원 중간에 태양의 기운을 받는 곳이 있으니 꼭 한번 찾아보길 바란다.

입장료 15누에보솔(국제학생증 지참 시 7누에보솔)

Photographed by 이찬영

Salineras

쿠스코 근교에 위치한 살리네라스는 거대한 산들 사이에 형성된 대규모의 소금 염전이다. 이곳의 비밀은 바로 온천수! 땅속 깊은 곳에서 흐르는 온천수로 이틀 정도면 소금이 완성된다고 한다. 오래전 잉카인들이 바다가 없는 내륙에서 살 수 있었던 것도 살리네라스에서 소금을 구할 수 있었기 때문이라고 한다. 마추픽추로 가는 길에 오얀타이탐보에서 하룻밤 묵으며 택시를 섭외해 가보는 것을 추천한다.

입장료 7누에보솔

Machu Picchu

세계 7대 불가사의 중 하나인 마추픽추는 1911년 미국인 하이럼 빙엄(Hiram Bingham)에 의해 처음으로 발견되었다. 해발 2,430m에 위치해 있어 '공중도시'라는 별명을 가진 곳이기도 하다. 쿠스코에서 마추픽추까지는 기차와 버스를 이용해서 갈 수 있으며, 비용은 80~550달러까지 천차만별이니 자신의 취향에 맞춰 계획을 세우길 추천한다. 마추픽추 방문을 기념하고 싶다면 입구에 마련된 스탬프를 여권에 찍어보는 것도 좋은 방법이다.

주소 Aguas Calientes, Peru **전화** +51-1-574-8000 **운영시간** 06:00~17:00 **마추픽추 입장료** 성인 62달러, 학생 37달러 **마추픽추+와이나픽추 입장료** 성인 71달러, 학생 42달러 **특이사항** 와이나픽추는 첫 번째 그룹(07:00~08:00) 200명, 두 번째 그룹(10:00~11:00) 200명, 하루에 선착순 400명 입장 가능 **웹페이지** www.machupicchu.gob.pe

L'atelier by Grid

프랑스 여성이 운영하는 이 보석상점은 마을 분위기와는 다소 어울리지 않는 세련된 인테리어가 지나가는 사람들의 눈길을 사로잡는 곳이다. 평일에는 금발의 점원이 직접 액세서리를 만들고 판매하는 모습을 볼 수 있다. 운석으로 장식한 독특한 목걸이, 고동 팔찌 등 어디에서도 만날 수 없는 나만의 장신구를 마련하고 싶다면 꼭 들러보길 권한다. 액세서리 외에도 현지 디자이너의 옷과 문구상품도 함께 판매하고 있다.

주소 Calle Carmen Alto 227A, San Blas, Cusco, Peru **운영시간** 월~토요일 11:00~18:00
웹페이지 latelierbygrid.com, facebook.com/latelierbygrid

Lollapalooza Chile

롤라팔루자 칠레는 매년 3월에 열리는 남미에서 가장 핫한 록 페스티벌이다. 언제나 상상을 초월하는 라인 업으로 관객들의 폭발적인 관심을 받는 롤라팔루자의 얼리버드 티켓은 늘 30분 만에 매진되기로 유명하다. 칠레를 여행할 계획이라면 미리 웹사이트에서 얼리버드 티켓의 날짜를 확인하고 구입할 것을 추천한다. 야외공연인 만큼 뜨거운 햇볕을 가릴 수 있는 모자와 선글라스는 필수다. 또한 일교차가 심하니 외투도 챙기도록 하자.

주소 Parque O'Higgins, Puente Alto, Santiago, Chile **티켓 가격** 2015년 행사 기준 55~125페소(구입 시기에 따라 가격이 다름) **웹페이지** lollapaloozacl.com, facebook.com/lollapaloozachile

La Vega Central

베가시장은 산티아고 중심부에서 멀리 떨어지지 않은 곳에 있는 큰 시장이다. 물가가 비싼 산티아고에서 머물 예정이라면 마트보다는 베가시장에서 장 보는 것을 추천한다. 다양한 과일과 신선한 해산물 그리고 야채를 저렴한 가격에 구입할 수 있다. 딸기 1kg을 1,600원에, 토마토 1kg을 500원도 안 하는 가격에 구입할 수 있어 가난한 배낭여행객에게는 부자놀이를 할 수 있는 최고의 장소이다.

주소 Antonia López de Bello, Recoleta, Santiago, Chile **가는 방법** 메트로 Patronato역에서 내려서 도보 5분
운영시간 월~토요일 06:00~18:00, 일요일 06:00~15:00

Photographed by Movilh Chile

Gay Parade Chile 'Open Mind'

'열린 마음 축제'라는 이름처럼 서로의 나라와 문화뿐만 아니라 성적 다양성 또한 존중하고 인정해주자는 의미에서 열리는 대규모의 야외 파티이다. 다양한 먹거리와 일렉트로닉 밴드의 연주로 시내 한복판은 금세 사람들로 가득 찬다. 이날만큼은 편견 없이 게이와 양성애자, 그리고 성전환자들과 어울려 즐거운 시간을 보내는 건 어떨까?

주소 Paseo Bulnes Santiago, Santiago, Chile **일시** 매년 11월 중순
웹페이지 facebook.com/pages/GAY-PARADE-CHILE/160554685629

Indie Clubs

남미를 얕잡아보았다면 큰 오산이다. 칠레에서 클럽을 방문한다면 '홍대 클럽' 저리 가라 할 정도로 발전한 클럽 문화에 놀라게 될 것이다. 이곳의 클럽에서는 한국의 클럽에서는 상상할 수도 없는 거대한 이벤트들이 기획되며, 전 세계적으로 유명한 뮤지션들이 방문하기도 한다. 대게 당일 입장은 따로 입장료를 받지만, 종종 페이스북 이벤트에 '참여하기'를 누르고 가면 무료로 입장할 수 있는 곳이 있으니 미리 확인하고 가는 것이 좋다.

| **Club Fauna** | **웹페이지** clubfauna.cl, facebook.com/Clubfauna
| **Bar Loreto** | **웹페이지** facebook.com/bar.loreto
| **Bar Mala Vida** | **웹페이지** barmalavida.cl
| **Club Subterraneo** | **웹페이지** facebook.com/ClubSubterraneo?fref=ts
| **Blondi** | **웹페이지** blondie.cl

Estamos Felices

부에노스아이레스의 밤은 길다. 재미있고 건전한 밤 문화가 무궁무진한 이곳에서는 매일 밤 젊음의 열기를 느낄 수 있는 파티가 이곳저곳에서 열린다. 에스타모스 펠리세스는 실시간으로 업데이트되는 파티소식과 행사 일정을 확인할 수 있는 유용한 페이스북 페이지로 부에노스아이레스에 있는 동안은 꼭 확인하고 외출하기 바란다. 페이스북 이벤트에 '참여하기'를 미리 눌러 놓는다면 파티행사장 입구에서 난처한 일을 피할 수 있다. 남미의 뜨거운 밤을 즐기고 싶다면 일단 에스타모스 펠리세스 페이지를 방문해보자.

웹페이지 facebook.com/estamosfelices

Kodak Express

한인이 거의 살지 않는 수크레에서 한 한인 부부가 운영하는 사진관이다. 이곳에서는 직접 담근 김장김치와 라면, 김, 참기름 등을 구입할 수 있다. 푹 익은 김치는 김치찌개용으로 제격이다. 친절한 주인 내외에게 수크레의 여행정보도 덤으로 들을 수 있으니 꼭 들러보자.

주소 Plaza 25 de Mayo, Bolivia **가격** 김치 한 포기 25볼리비아노(약 4,000원)

Miraflores Beach

리마의 부촌으로 알려진 절벽 위의 도시, 미라플로레스는 세계에서 서핑하기 좋은 3대 해변으로 손꼽히는 곳이다. 이곳에선 서핑을 배우려는 사람들과 서핑을 가르쳐 주는 사람들을 많이 만날 수 있다. 서핑할 줄 아는 사람이 아니더라도 미라플로레스에 왔다면 서핑을 체험해보는 건 어떨까? 원래 서핑을 즐기는 사람이라면 리마의 서핑 애호가들을 만날 수 있는 커뮤니티(Peru Surfing & Culture)를 이용하는 것도 좋을 것이다.

커뮤니티 웹페이지 facebook.com/groups/155239364501501

Backpacker La Boheme

여행 중 가장 빠르고 정확한 정보를 얻을 수 있는 곳이 바로 숙소이다. 그래서 때론 어떤 숙소를 정하느냐가 다음 날 어디를 어떻게 여행할 것인가를 결정하기도 한다. 백패커 라 보엠은 쿠스코에서 배낭여행자들에게 유명한 호스텔로 저렴한 가격에 하룻밤을 묵을 수 있으며, 다양한 국가의 친구들을 사귀기에 좋다.

주소 Calle Carmen Alto 269, Cusco, Peru **운영시간** 24시간 **가격** 도미토리 30누에보솔, 더블룸 90누에보솔
웹페이지 labohemecusco.com, facebook.com/BackpackerLaBoheme

Mama Africa

쿠스코에서 가장 물이 좋은 클럽으로 늘 사람들로 붐비는 곳이다. 현지사람보다는 관광객이 많이 찾으며, 모르는 사람에게도 춤을 신청하여 같이 출 수 있는 흥겨운 분위기의 클럽이다. 남미음악의 리믹스 버전과 전 세계 관광객들이 좋아할 만한 음악을 번갈아 틀어주는 선곡 센스가 돋보이는 곳으로 다른 곳에 비하면 시설도 큰 편이다.

주소 Portal de Panes 109 3rd Floor, Cusco, Peru **운영시간** 월~일요일 21:00~06:00 **가격** 10달러 이하
웹페이지 facebook.com/mamaafricacusco

Bocanariz

칠레를 방문했다면 한국의 마트에서만 보던 칠레산 와인을 저렴한 가격에 다양하게 맛보고 오는 것을 추천한다. 칠레의 마트에는 우리나라 와인전문점 규모의 와인코너가 마련돼 있어 맥주보다 저렴한 가격의 와인부터 한국에서는 차마 입에 대지 못했던 고급 와인까지 구입이 가능하다. 특히 이곳은 칠레 최고의 와인을 맛볼 수 있는 유명한 레스토랑 중 하나이다. 지하에 와인 저장고가 있어 다른 레스토랑보다 더욱 숙성된 와인을 기대할 수 있다.

주소 Jose Victorino Lastarria 276, Santiago, Chile **전화** +56-2-2638-9893 **운영시간** 월~토요일 12:00~00:30, 일요일 19:00~24:00 **웹페이지** bocanariz.cl/inicio.html, facebook.com/BocanarizVinoBar

---

GAM(Centro Gabriela Mistral)

GAM센터는 예술과 음악 중심의 문화공간이다. 1년 365일 무료로 전시 관람이 가능하고, 연극공연의 정보를 얻거나 티켓을 구입할 수 있다. 주말이 되면 사람들이 구제 물건을 가지고 나와 벼룩시장을 열기도 한다. 이곳에선 깨끗한 화장실도 무료로 사용할 수 있다.

주소 Av Lib. Bernardo O'Higgins 227, Barrio Lastarria, Santiago, Chile **전화** +56-2-2566-5500
운영시간 화~토요일 10:00~20:00, 일요일 11:00~24:00 **웹페이지** www.gam.cl

Cine El Biógrafo

80년대 초에 지어진 이 앤티크한 영화관에서는 특히 미국과 유럽의 독립영화를 많이 상영한다. 주변의 모습이 하나둘 변하는 그 순간에도 묵묵히 제 자리를 지킨 이곳은 아직도 옛날 방식 그대로 돌돌 말린 좌석 티켓을 사용하고 있다. 상영관 안에서는 빨간 낡은 의자가 관객들을 기다리고 있다.

주소 Jose Victorino Lastarria 181, Barrio Lastarria, Santiago, Chile **전화** +56-2-2633-4435
운영시간 15:00~22:00 **관람료** 월~수요일 2,000페소, 목&일요일 4,000페소 **웹페이지** elbiografo.cl

사람 | 여행

사람이란
이정표를 따라
남미로
떠나다

초판 1쇄 인쇄 2014년 8월 20일
초판 1쇄 발행 2014년 8월 26일
지은이 김새움
사진 이구름
펴낸이 이준경
편집장 홍윤표
편집 기은혜
디자인 강혜정
마케팅 이준경
펴낸곳 지콜론북
출판 등록 2011년 1월 6일 제406-2011-000003호
주소 (413-756) 경기도 파주시 문발로 242
전화 031-955-4955
팩시밀리 031-955-4959
웹페이지 www.gcolon.co.kr
트위터 @g_colon
페이스북 /gcolonbook
ISBN 978-89-98656-29-4-03810
값 13,000원

이 도서의 국립중앙도서관 출판시도서목록(CIP)은 서지정보유통지원시스템 웹페이지(http://seoji.nl.go.kr)와 국가자료공동목록시스템(http://www.nl.go.kr/kolisnet)에서 이용하실 수 있습니다. (CIP제어번호 : CIP2014023590)

잘못된 책은 구입한 곳에서 교환해 드립니다.

지콜론북은 예술과 문화, 일상의 소통을 꿈꾸는 (주)영진미디어의 문화예술서 브랜드입니다.